Jo Hanns Rösler wurde 1899 in Königstein geboren und starb 1966 in München. Er war ein erfolgreicher Autor und anerkannter Meister der Kurzgeschichte, der sich besonders auf die überraschenden Schlußwendungen verstand. Jo Hanns Rösler hat außerdem Komödien und Filmdrehbücher geschrieben.

Vollständige Taschenbuchausgabe
Droemersche Verlagsanstalt Th. Knaur Nachf. München
Lizenzausgabe mit freundlicher Genehmigung des
Gebrüder Weiss Verlags, Gedern

Umschlagillustration Horst Lemke
Druck und Bindung Ebner Ulm
Printed in Germany · 1 · 12 · 684
ISBN 3-426-01156-5

1. Auflage

Jo Hanns Rösler:
Das schönste Mädchen der Welt

Ein lustiges Geschichtenbuch

Knaur

ISBN 3-426-01156-5 580

INHALT

Das schönste Mädchen der Welt

Wenn ich nicht das schönste Mädchen der Welt zur Frau bekomme, meinte Marius, nehme ich lieber gar keine.

Zugegeben, Marius konnte sich diesen Wunsch leisten, denn er nannte zwölf Millionen Geld sein eigen. Aber die Ansprüche auf die guten Dinge der Welt wachsen mit dem Guthaben, und was ein armer Schlucker als ein bildschönes Mädchen anschaut, kann für einen vielfachen Millionär ein fades Lieschen sein. Marius hatte also noch nicht das gefunden, was er suchte. Und er suchte weiter.

Eines Tages fand er sie. Marius fuhr im Nordsüdexpreß, lehnte behaglich in einem Abteil erster Klasse und sah zum Fenster hinaus. Der Zug durchquerte gerade eine große, grüne Wiese, und darauf lag sie. Sie lag nackt in der Sonne, wie sie Gott geschaffen hatte, und nahm ein Sonnenbad. So etwas Schönes, so etwas Vollkommenes hatte Marius noch nicht gesehen! Schnell entschlossen sprang er auf, riß die Notbremse, der Zug stand. Marius sprang aus dem Zug und lief über die Wiese auf das Mädchen zu.

Junge Mädchen kennen sich mit Millionären wenig aus und Millionäre ebensowenig mit jungen Mädchen. Noch dazu, wenn das junge Mädchen ein schlichtes Landkind ist und von der Welt keine Ahnung hat. Marius merkte, mit schönen Worten kam er nicht weiter. Er sprach daher gleich vom Heiraten. Dies verstand das Mädchen. Sie führte Marius zu ihrem Vater. Der Vater schüttelte den Kopf. Marius drückte ihm eine Million in die Hand. Da nickte der Vater. Dann kam des Mädchens großer Bruder und schüttelte ebenfalls den Kopf. Marius drückte auch ihm eine Million in die Hand, dann nickte auch der Bruder. Und so fand bald darauf die Hochzeit statt. Marius führte die Heißgeliebte in die Staaten, und sie sollen, wie man sich erzählt, ein glückliches Paar geworden sein.

Viele Jahre vergingen. Da kam eines Tages Marius wieder in das Land, wo er seine Frau gefunden hatte, und wieder saß er im Nordsüdexpreß und schon sah er von weitem die große, grüne Wiese, auf der er damals den Zug zum Stehen gebracht hatte. In dieser Minute trat der Schaffner ins Abteil. Er ging zum Fenster und hängte ein großes schwarzes Tuch davor.

„Was bedeutet das?" fragte Marius.

„Das Tuch bleibt nur fünf Minuten."

„Warum?"

„Eine Anordnung der Eisenbahndirektion", erklärte freundlich der Schaffner, „da soll vor zehn Jahren hier einmal ein verrückter Amerikaner durchgefahren sein und ein nacktes Mädchen auf der Wiese gesehen haben. Man erzählt sich, er habe den Zug angehalten, das Mädchen gefreit und dem Vater sowie dem Bruder des Mädchens eine Million ausgezahlt. Seit dieser Zeit liegen hier stets zur Stunde, wenn unser Expreß vorüberfährt, alle jungen Mädchen der Gegend nackt auf der Wiese — —"

Unerwartet sah Christine den Brief. Er lag verloren auf einer Bank im Stadtpark, trug keine Aufschrift. Sichtlich hatte ihn jemand aus der Tasche verloren, ohne es zu bemerken.

„Warum bist Du gestern nicht gekommen?" las Christine, sie hatte der Versuchung nicht widerstehen können, „ich habe auf Dich die ganze Nacht gewartet, Ingeborg! Du weißt, wie heiß ich Dich liebe — noch müssen alle Worte Dir im Ohr sein, die ich zu Dir sprach; drangen sie nicht bis zu Deinem Herzen? Als ich Dich küssen wollte, bogst Du Deinen Kopf weit zurück und sagtest leise: morgen, Hanns! Es war keine Lüge, keine Ausflucht, Du wolltest kommen, ich fühlte Dein Versprechen wie eine zärtliche Umarmung. Und doch bist Du nicht gekommen. Ich liebe Dich, Ingeborg, ich kann ohne Dich nicht leben und will auch ohne Dich nicht leben. Es klingt so groß und ist so einfach: ich will ohne Dich nicht leben. Ich gehe ohne Aufsehen, denn mein Herz schlägt nicht mehr, wenn heute die Sonne untergegangen ist. Leb wohl, Ingeborg."

Dann folgte ein schlichter Name: Hanns Moll und eine Adresse.

*

„Wohnt hier ein Herr Hanns Moll?"

„Im zweiten Stock."

Christine lief die Treppe hinauf. In der Hand hielt sie den gefundenen Brief. Sie wußte nicht, was sie tat, aber eines wußte sie: wer liebt, soll leben. Die Zärtlichkeit dieses Briefes hatte sie aufgewühlt, ihr Herz klopfte, sie wollte ihn trösten, ihm helfen, ja, sie gestand sich, mit allen Mitteln ihm helfen. Wenn Ingeborg nicht kam, wollte sie kommen. Sie war jung, sie war schön, sie hatte keinem andern Mann Rechenschaft zu geben, warum sollte sie nicht seine Liebe in sich auffangen dürfen, wo er so allein mit seiner Liebe stand? Dann würde er alle Not vergessen und weiterleben. Denn er durfte nicht sterben, es ist so wenig Liebe unter den Männern.

Die Tür war angelehnt. Als Christine eintrat, sah sie eine junge Dame, die sich verlegen aus dem Arm eines Mannes löste. Ist sie also doch gekommen, dachte Christine.

„Sie wünschen?"

„Herr Moll?" fragte Christine.

„Ja."

„Ich freue mich, daß Ingeborg gekommen ist —"

Sie lächelte befangen dem andern Mädchen zu.

„Ich heiße nicht Ingeborg", erwiderte die Kleine, „ich fand einen Brief auf einer Bank im Stadtpark an Ingeborg. Ich wollte, daß Hanns weiterlebt."

„Was? Sie auch?"

Christine riß ihren Brief auf, hielt ihn der anderen vor die Augen. „Den gleichen Brief?" fragte sie.

„Wörtlich der gleiche Brief."

Der junge Mann stand verlegen zwischen den Frauen. Ängstlich sah er nach der Tür. Würde noch ein dritter Brief auftauchen? Sonst kam doch stets nur eine Frau auf die fünf gleichen Briefe, die er im Frühling täglich auf die Bänke im Stadtpark verteilte!

Das Mädchen begann zu weinen.

„Ich wollte ihn doch nur trösten – er tat mir doch so leid!"

„Hoffentlich haben Sie ihn noch nicht getröstet, Kind."

„Ich bin erst fünf Minuten hier."

„Kommen Sie!"

Christine legte ihren Arm um die andere und verließ, ohne den jungen Mann eines Blickes zu würdigen, das Zimmer.

*

Als sie die Treppe hinunterstiegen, begegneten sie einer jungen Dame, die aufgeregt mit einem Brief in der Hand die Treppe hinauflief.

„Wollen Sie zu Herrn Moll?" fragte Christine.

„Ja."

„Wegen Ingeborg?"

„Ja. Woher wissen Sie –?"

„Zu spät!" sagte Christine.

„Ist er tot?"

Christine nahm ihren Arm und führte sie auf die Straße.

„Er ist gestorben", sagte sie, „er war ein junger Mann ohne Herz."

Otto läßt sich nicht gern für dumm verkaufen. Wer täte das auch gern? Aber es gibt Leute, die davon leben! Solche Leute wohnen beispielsweise in Humpeach in USA. Da ist die ganze Gemeinde so. Und als nun Otto auf seiner Weltreise nach Humpeach kam . . .

Otto stieg in Humpeach ab. Der Ort hatte nur ein Hotel. Dort schlug Otto sein Zelt auf. Die Kunde, daß ein Fremder im Hotel abgestiegen war, verbreitete sich blitzschnell. Am Abend war die kleine Gaststube gerappelt voll. Sogar der Sheriff war da, der Apotheker und der Tierarzt. Alle wendeten Otto bei seinem Eintritt ein freundliches Gesicht zu, und auch Otto machte ihnen ein freundliches Gesicht. Was Wunder, wenn nach kurzer Zeit alles ein Herz und eine Seele war? Man ließ Otto hochleben, Otto ließ die Gemeinde hochleben.

„Und unseren Ortszauberer dazu!" rief der Tierarzt dazwischen.

Otto horchte auf.

„Ihr habt hier einen Zauberer?" fragte er.

Der Sheriff nickte stolz:

„Und was für einen! Einen richtigen Tausendsassa! Er macht die tollsten Dinge! Wollen Sie ihn kennenlernen? Hier ist er."

Ein kleines Männlein zwängte sich durch die Reihen. Er war hager wie ein Zwirnsfaden, und der kleine Kopf saß ihm auf dem Hals wie eine eingetrocknete Zitrone.

„Okkay, sag dem Herrn guten Tag!" befahl der Sheriff.

„Guten Tag, mein Herr!"

„Okkay, sag dem Herrn, was du kannst!"

„Ich kann alles, mein Herr."

Otto sah belustigt auf den komischen Knaben.

„Das ist natürlich alles Humbug, nicht wahr?"

Die ganze Gemeinde protestierte heftig.

„Nein, nein!" rief der Apotheker, „Okkay kann wirklich zaubern! Okkay soll eine Probe seiner Kunst geben!"

„Da wäre ich gespannt!"

„Was wollen der Herr sehen?" begann das Männlein, „Zauberei an Menschen oder Zauberei an Dingen oder Zauberei an beiden zugleich? Machen wir Zauberei an beiden zugleich. Einverstanden?"

Otto nickte:

„Einverstanden!"

Das Männlein setzte sich in Positur.

„Beginnen wir! Sie haben einen schönen Rock an, Herr! Sie werden hinausgehen, Herr, ich werde Sie nicht anrühren, ich werde im Saale bleiben, und Sie werden wieder hereinkommen und haben keinen Knopf mehr am Anzug. Zauberei!"

Otto schüttelte den Kopf.

„Das ist ja alles Unsinn!"

„Wetten wir?"

„Das ist unmöglich! Das gibt es ja nicht! Ich soll dann keinen Knopf mehr am Anzug haben?"

„Wetten wir?"

Otto winkte ab:

„Da halte ich jede Wette!"

„Also gut – zehn Dollar!"

„Hundert, wenn ihr wollt!“ rief Otto.

Jetzt mengte sich wieder der Tierarzt ein:

„Ich halte auch hundert gegen Sie!“

„Gemacht!“ rief Otto, „hundert er und hundert Sie!“

„Ich setze auch hundert!“ rief der Apotheker schnell.

„Sie auch?“

„Ja“, sagte der Apotheker, und legte hundert Dollar auf den Tisch.

„Nun ist es aber genug!“ beschloß Otto, „hier sind dreihundert Dollar von mir, ihr legt eure dreihundert dazu! Und die Wette heißt: ich gehe hinaus, und wenn ich hereinkomme, habe ich keinen Knopf mehr am Anzug.“

„Ja“, riefen alle, „so lautet die Wette.“

„Wieviel Knöpfe werden denn verzaubert?“

„Wir wollen zählen!“

Otto zog seine Jacke aus.

Er reichte sie dem Sheriff.

„Drei — sechs — neun Knöpfe!“

„Neun Knöpfe?“

„Neun Knöpfe! Keinen mehr und keinen weniger!“

Dann ging die Zauberei los.

Otto stellte sich mitten im Saal auf.

Der Zauberer baute sich vor ihm auf.

Er starrte ihm in die Pupillen.

Er machte hisch, er machte husch.

Dann krähte er:

„Jetzt gehen Sie allein zur Tür hinaus, Herr! Zählen Sie draußen langsam bis zwanzig — dann kommen Sie herein und Sie werden keinen Knopf mehr am Rock haben!“

Otto lachte ungläubig:
„Das werden wir erst mal sehen!“
„Still! Schweigen Sie! Gehen Sie!“
Otto ging.
Otto zählte langsam bis zwanzig.
Otto kam siegessicher zurück.
Die Knöpfe waren noch am Rock.
„Gewonnen!“ rief Otto.
„Wieso?“ wieherte vergnügt die Gemeinde.
Otto protestierte:
„Ihr habt gewettet, daß ich beim Hereinkommen keinen Knopf mehr am Anzug habe!“
Die fröhliche Gemeinde klopfte sich lachend auf die Schenkel.
„Haben Sie auch nicht, guter Herr! Haben Sie auch nicht! Sie hatten vorher neun Knöpfe und jetzt haben

Sie auch neun Knöpfe am Rock! Haben Sie also etwa einen Knopf mehr am Rock? Wir haben gewettet, daß Sie keinen Knopf m e h r am Rock haben!"

Otto stand stumm.

Er starrte in die Schadenfreude.

„Ja. Stimmt", sagte er dann.

„Was? Wieso ja?"

„Ich habe einen Knopf mehr! Ich habe sogar zwei Knöpfe mehr am Rock!"

Alles hielt den Atem an.

Otto schlug den Rock auseinander.

Drinnen wurden zwei frisch angenähte Knöpfe sichtbar. Der Zwirn war noch warm vom Nähen.

Otto war nämlich früher schon einmal in Humpeach gewesen.

Tobias war sichtlich erbost.

Er schimpfte wie ein Rohrspatz.

„Nie wieder Märchen!"

„Warum?"

„Kein Mensch glaubt mehr an Wunder!"

„Es gibt mehr Dinge — —"

„Der Satz steht", sagte Tobias wegwerfend, „wenn ich Ihnen jetzt eine wundersame Geschichte erzählen werde — ich möchte wissen, ob Sie sie glauben?"

„Das kommt auf die Geschichte an."

*

„In der Rheinstraße in Krefeld wohnte ein wunderschönes junges Mädchen", begann Tobias seine Erzählung, „sie hieß Marieluise und war vom lieben Gott mit allen guten Gaben bedacht, die der liebe Gott einem jungen Mädchen zu verschenken hat. Und als das Mädchen vor acht Tagen neunzehn Jahre geworden war, gab ihr die Mutter am Geburtstag einen goldenen Ring. Ach, wie freute sich da Marieluise! Wie floh sie der Schlaf in dieser Geburtstagsnacht, immer wieder zündete sie die Nachttischkerze an, um den goldenen Ring zu betrachten. Und da sie gar keinen Schlaf fand, erhob sie sich aus dem Bett und trat zum offenen Fenster, das goldene Ringlein im Mondschein zu betrachten, wie der Mond sich darin spiegele und was er wohl dazu sage, daß Marieluise jetzt einen goldenen Ring habe. Junge Mädchen sind ja oft übertrieben romantisch, haben Sie das nicht auch erlebt?"

„Zur Genüge!“

Tobias lächelte und fuhr fort:

„Ich vergaß zu erwähnen, daß unmittelbar vor dem Fenster der Rhein vorbeifloß. Wie nun das Mädchen eine Weile an dem Fenster gestanden hatte, machte sie plötzlich eine ungeschickte Bewegung, ihre Finger griffen ins Leere, und sie sah gerade noch, wie ihr goldener Ring mit einem hellen, silbernen Plumpserchen in den Rhein hineinfiel. Da fing Marieluise an zu weinen und weinte immer lauter und konnte sich gar nicht trösten. Und wie sie so klagte, rief von unten eine Stimme:

‚Was haben Sie denn, Fräulein?‘

Sie sah hinunter, woher die Stimme käme. Da erblickte sie einen Frosch, der seinen dicken, mächtigen Kopf aus dem Wasser streckte und zu ihr sprach.

‚Mein goldener Ring ist in den Rhein gefallen.‘

‚Beruhigen Sie sich, Fräulein‘, antwortete hilfsbereit der Frosch im Wasser, ‚ich hole ihn sogleich wieder.‘

Schon tauchte er unter und erschien wieder mit dem goldenen Ring im Maul. Er hüpfte bis zum Fenstersims, wo er den Ring fallen ließ.

‚Ich bin ja so dankbar‘, sagte das Mädchen.

Es war wirklich ihr Ring, den sie verloren hatte.

‚Wenn Sie mir Ihre Dankbarkeit beweisen wollen, mein Fräulein‘, begann der Frosch, ‚so erlauben Sie mir, mich ein wenig neben Sie auf das Sofa in Ihrem Zimmer zu setzen, damit ich mich erwärmen kann.‘

Was blieb Marieluise übrig? Sie hatte ein gutes Herz, und junge Mädchen lassen sich leicht von ihrem Herzen beeinflussen. Sie ließ also dem Frosch seinen

Willen und setzte sich zaghaft neben ihn auf das Sofa. Kaum aber hatte der Frosch ihre Hand berührt, verwandelte er sich in einen reizenden jungen Mann, der neben ihr auf dem Sofa saß."

Tobias hatte geendet.

„Was sagen Sie dazu?" fragte er nach einer Weile.

„Je nun –"

„Glauben Sie, daß die Geschichte möglich ist?"

„Möglich ist alles auf der Welt."

Da erhob sich Tobias und sagte:

„Sehen Sie, Sie glauben die Geschichte – aber die Mutter meiner Braut hat uns die Geschichte nicht geglaubt!"

Hugo hat ein Wort nötig. Hugo möchte gern wissen, wie man „Bürokratie" schreibt. Und da Hugo kein Lexikon hat und sich kein Lexikon kaufen möchte, beschließt Hugo, in die städtische Bücherei zu gehen und dort im Lexikon nachzusehen.

Hugo kommt in die städtische Bücherei. Es ist eine ganze Häuserreihe, ein ganzer Häuserblock. Vor dem Tor mustert mißtrauisch der Portier den Eintretenden.

„Wohin?" fragt er.

„In die städtische Bücherei."

„Geradeaus. Mittelster Gang. Rechte Tür."

Hinter der Tür steht schon wieder einer und ruft: „Schirme und Stöcke sind abzugeben!"

„Verzeihen Sie", sagt Hugo, „ich will nur auf einen Sprung – ich will nur schnell etwas nachsehen – ich komme sofort zurück –"

„Schirme und Stöcke sind abzugeben!"

„Aber ich will doch nur –"

„Vorschrift ist Vorschrift! Hier ist Ihre Marke."

Hugo wird der Stock aus der Hand gerissen, eine Marke wird ihm in die Hand gedrückt, dann darf Hugo weitergehen, den mittelsten Gang entlang, der mittelsten Tür zu. Da stößt wieder einer auf ihn zu:

„Wohin?"

„In die städtische Bücherei."

„Da sind Sie! Wohin wollen Sie hier? Was wollen Sie hier?"

„Ich möchte etwas nachsehen."

„Was nachsehen?"

„Ein Wort im Lexikon."

„Sie wollen also im Lexikon etwas nachlesen?"

„Ja."

„Lesesaal zweiter Stock, dritte Tür links."

Hugo steigt in den zweiten Stock und wendet sich der dritten Tür links zu. Der Mann am Eingang hält ihn auf.

„Ihren Ausweis?" fragt er.

„Was für einen Ausweis?"

„Ihre Lesekarte!"

„Ich habe keine Lesekarte."

„Ohne Lesekarte dürfen Sie hier nicht hinein. Lesekarten bekommen Sie im dritten Stock, vierte Tür rechts!"

„Aber ich will doch nur ein Wort —"

„Lesekarten dritter Stock, vierte Tür rechts!"

Hugo klettert in den dritten Stock.

Er muß zwanzig Minuten warten, dann ist er an der Reihe.

„Sie wünschen?"

„Ich möchte eine Lesekarte haben."

„Für ein Jahr?"

„Nein. Nur für einen Tag."

„Für wann?"

„Für heute", sagt Hugo bescheiden.

„Das geht nicht."

„Warum nicht?"

„Tageskarten werden nur vormittags zwischen zehn und zwölf Uhr ausgestellt."

Hugo wird leise unruhig.

„Verzeihen Sie, wenn ich frage", sagt er, schon ein

wenig heftig, „aber warum ist dann dieses Zimmer jetzt am Nachmittag geöffnet?"

„Wir haben nicht geöffnet. Wir haben nur offen."

„Was ist da für ein Unterschied?"

„Wir haben nur offen für Leute, die dringend eine Karte brauchen."

„Ich brauche dringend eine Karte."

„Dann müssen Sie einen Dringlichkeitsantrag stellen", bekommt er zur Antwort. „Formulare dazu erhalten Sie im fünften Stock, zehnte Tür links. Dem Antrag ist beizufügen Geburtsschein, Einwohnermeldeschein, letzte Steuerquittung und Strafregisterauszug. Ferner ist anzugeben, warum und weswegen Dringlichkeit vorliegt."

„Aber verehrter Herr!" schreit Hugo erbost, „ich will doch nicht hier Ehrenmitglied werden! Ich will doch nur ein Wort im Lexikon nachsehen, ein einziges Wort!"

„Dazu brauchen Sie keine Lesekarte."

„Aber der Beamte im Lesesaal sagte, daß ich ohne Lesekarte nicht in den Lesesaal darf."

„Da hat er recht."

„Aber –"

„Was wollen Sie denn im Lesesaal? Sie wollen doch nicht das Lexikon lesen, sondern nur im Lexikon nachsehen. Das können Sie auch ohne Lesekarte im etymologischen Kabinett, Erdgeschoß, Tür vierzehn."

*

Hugo schleicht wieder die Treppen zum Erdgeschoß hinunter. Gut, daß er seinen Stock abgeben mußte. Er hätte ihn sonst vor Wut an der Wand zerschlagen. Vor dem Zimmer vierzehn steht keiner vor der Tür. Hugo kann also ungehindert eintreten und geht zum Schalter.

„Kann ich ein Lexikon haben?" fragt er.

„Da müssen Sie erst einen Antragschein unterschreiben."

Hugo unterschreibt den Antragschein.

Der Beamte stempelt „genehmigt" darauf.

„Kann ich jetzt das Lexikon haben?"

„Wenden Sie sich an den Schalter gegenüber."

Hugo wendet sich an den Schalter gegenüber.

„Ich möchte ein Lexikon."

Der Beamte schiebt Hugo einen Zettel hin.

„Schreiben Sie Ihre Wünsche auf den Bücherzettel."

Hugo füllt den Bücherzettel aus. Hugo schreibt: ein Lexikon. Hugo gibt den Zettel ab. Hugo bekommt dafür eine Nummer.

„Ihre Nummer wird aufgerufen. Warten Sie auf der Bank."

Hugo hat die Nummer 333.

Der Beamte ruft gerade auf:

„Nummer 27 bis 32."

*

Nach einer Stunde hört Hugo:

„Nummer 333 bis 337!"

Hugo eilt zur Ausgabe. Hugo erwartet sein Buch. Aber Hugo erhält nur seinen Zettel zurück. Darauf steht: „Nähere Angaben?"

„Wieso?" fragt Hugo dumm.

„Sie müssen angeben, was für ein Lexikon Sie wün=

schen. Wir haben hier das große Konversationslexikon, das kleine Konversationslexikon, das Glossarlexikon, das Onomastiklexikon, das Idiotiklexikon, das etymologische Lexikon, das Synonymenlexikon, dazu noch zweihundert Spezialfachwörterbücher. Der nächste Herr, bitte!"

„Das ist mir zu hoch!" schreit Hugo wütend, „ich will doch nur ein gewöhnliches Wörterbuch, weil ich nachsehen will, wie ein Wort geschrieben wird!"

„Dazu genügt ein orthographisches Wörterbuch."

„Freilich!" meint Hugo.

Hugo gibt wieder einen Zettel ab. Hugo bekommt diesmal die Nummer 4006. Hugo muß jetzt zwei volle Stunden warten. Endlich erhält er sein Wörterbuch. Und Hugo macht sich auf die Suche nach dem Wort „Bürokratie". Bei Bäbe fängt er an und liest über Bälgetreter, Blähhals, Bratapfel weiter. Immer näher kommt er:

„Buntschuh — Bunker — Bunze — Bürde — — Bürste?"

Hugo liest wieder zurück nach vorn. Und wieder von vorn nach hinten. Das Wort Bürokratie ist nicht vorhanden.

Hugo trägt das Buch zurück.

„Hier stimmt etwas nicht! Hier fehlt etwas!"

„Wieso?"

„Das Wort Bürokratie steht nicht darin."

„Das gibt es nicht", sagt der Beamte und schaut Hugo mißtrauisch an, „geben Sie mir das Buch — hier fehlt ja ein ganzes Blatt!"

„Sehen Sie!" sagt Hugo stolz.

Er hätte nicht stolz sein sollen.

Der Beamte durchbohrt ihn mit den Augen.

„Wann haben Sie sich das Buch ausgeliehen?"

„Jetzt werden Sie putzig! Sie haben mir doch das Buch selber gegeben!"

Der Beamte brummt:

„Ich arbeite nur nach Zettel und Nummer. Wann haben Sie sich das Buch ausgeliehen?"

„Vor zehn Minuten."

„Dann müssen Sie den Band ersetzen. Beschädigungen müssen sofort bei Empfang gemeldet werden, sonst ist der Entleiher gemäß der Leseordnung voll haftbar. Widerspruch hat gar keinen Zweck, Herr, Sie haben sich selbst durch Unterschrift des Antragscheines den Bedingungen unterworfen. Wo kämen wir denn hin, wenn jeder Mensch sich aus einem Buch eine Seite herausreißen wollte? Was würden Sie sagen, wenn Sie ein Buch erhielten und gerade die Seite fehlte, die Sie interessiert?"

*

Hugo sagt gar nichts. Hugo weiß nicht mehr, was los ist. Hugo sieht rot vor den Augen und geht los. Als Hugo wieder zu sich kommt, sitzt er im Gefängnis. Vor ihm steht der Wärter:

„Haben Sie einen Wunsch? Schreibmaterial? Bücher?"

Da sagt Hugo:

„Ja. Geben Sie mir bitte schnell ein Lexikon, wo das Wort Bürokratie vorkommt. Als freier Mann habe ich zwanzig Beamte um Erlaubnis fragen müssen, habe Zettel unterschreiben müssen, bin von Pontius zu

Pilatus geschickt worden, mußte fünf Stunden warten und dann habe ich es noch nicht bekommen. Jetzt bin ich kein freier Mann mehr, jetzt sitze ich im Loch, jetzt möchte ich einmal wissen, wie lange es da dauert."

Eine Minute später hielt Hugo das Lexikon in der Hand und las:

„Bürokratie – eine von Spöttern erfundene Bezeichnung für einen nicht vorhandenen Zustand umständlicher Amtshandlungen."

Marianne freute sich unbändig auf das Konzert.

Doch mit des Geschickes Mächten –

Plötzlich läutete das Telefon.

„Ja?" sagte Marianne.

„Marianne?"

„Hallo! Hanns, du?"

„Ich muß dir leider etwas Betrübliches mitteilen, Marianne", sagte Hanns, „ich muß heute noch beruflich nach München abreisen. Ich kann nicht mehr heimkommen. Mein Zug fährt schon um halb acht Uhr."

„Ach, Hanns!"

Der jungen Frau tat das Herz weh, richtig weh.

„Wie lange bleibst du?" fragte sie.

„Acht Tage, vielleicht auch zehn."

„Ich muß dich zuvor noch einmal sehen, Hanns!"

„Unmöglich!"

„Ich komme zum Bahnhof, einverstanden?"

„Das wäre herrlich, Marianne", antwortete Hanns, „ich freue mich, wenn du kommst. Aber sei pünktlich, der Zug wartet nicht."

„Und das Konzert?"

„Welches Konzert?"

„Wir wollten doch heute abend in das Sinfoniekonzert gehen", antwortete Marianne enttäuscht, „du hast doch sogar schon die Karten in der Tasche –"

„Richtig! Das Konzert! Schade, Marianne."

„Sehr schade, Hanns."

Der Mann, den Marianne liebte und der Marianne geheiratet hatte, tröstete sie:

„Du ziehst dich gleich für den Abend an, wenn du zum Bahnhof kommst. Das Konzert beginnt um dreiviertel acht Uhr. Du kommst noch recht."

„Ja. Hanns. Nur –"

„Nur?"

„Wenn du dabei gewesen wärst, wäre das Konzert viel schöner gewesen."

Hanns seufzte:

„Mein Zug fährt halb acht – sei pünktlich, Liebes, ich erwarte dich am Bahnhof."

*

Als Marianne den Hörer auflegte, war es kurz vor sieben. Sie eilte in ihr Schlafzimmer, sich umzukleiden. So schnell hatte sie noch nie ein Kleid angelegt, so schnell noch nie die Schuhe gewechselt, so schnell war noch nie ihre kleine Abendtasche gefüllt worden und so kurze Zeit hatte sie noch nie in den Spiegel geschaut, ehe sie ihr Haus verließ. Aber sie wurde fertig. Punkt halb acht Uhr stand sie auf dem Bahnhof, sie war schöner denn je, die Aufregung der kurzen Hast hatte ihre Wangen gerötet. Als sie Hanns entdeckte –

„Wo hast du deinen Koffer, Hanns?"

„Welchen Koffer?"

„Ich denke, du verreist?"

„Ich verreise?"

„Aber du hast es mir doch selbst am Telefon gesagt?"

Er nahm leise ihren Arm und führte sie zu seinem Wagen. „Bist du sehr böse, Marianne", sagte er, „verzeihst du mir, wenn ich dableibe?"

„Wolltest du gar nicht verreisen, Hanns?"

„Nein. Ich wollte gar nicht."

„Aber warum hast du mir dann am Telefon —?"

Die Leute wunderten sich, daß ein Mann seine Frau mitten auf der Straße küßte. Aber er konnte nicht anders, und ein wenig ein schlechtes Gewissen hatte er auch, als er ihr verriet:

„Ich wollte einmal wenigstens, Marianne —"

„Was?"

„Einmal pünktlich mit dir zu einem Konzert kommen."

Wer eine Blockflöte besitzt, geht flöten. Warum sollte er auch nicht? Oder stellt man je ein Klavier ungespielt als Wandschmuck in die Zimmer und hängt eine Laute lautlos auf? Was aber Sebastian mit seiner Solobarockblockflöte anfing, war wahrlich übertrieben. Von frühester Morgenstunde bis spät in den Schlaf der Nachbarn hinein blies er. Da war kein Lied vor ihm sicher. Mit gleicher Heftigkeit flötete er den weichen Walzer „Links herum" und den straffen Marsch „Augen rechts", ja auch die Triosonaten um 1700 alter Mensur flossen ihm genau aus dem Überblasloch wie die Bachkantaten und Händelsonaten. Und wanderte Sebastian sonntags ins Grüne, begleitete ihn die Barockblockflöte und ein Fläschlein Flötenöl und ein Döslein Zapfenfett. Dann saß er am Wiesenrand und flötete sich die Gegend menschenleer. So verliebt war Sebastian in seine Barockblockflöte und seine Kunst, sie zu blasen.

*

Eines Tages klopfte es an Sebastians Tür.

Ein fremder Herr stand draußen.

„Ich habe Ihnen etwas mitgebracht."

„Mir?"

„Ein Schallplattenaufnahmegerät."

„Was soll ich damit?"

Der Vertreter wickelte eine Art Grammophon aus.

„Das kann für Sie eine tönende Erinnerung werden, mein Herr", begann er. „Sie können sich alle akustischen Genüsse ins Ohr zurückrufen! Welch reiche Möglichkeiten bieten sich Ihnen! Welch unschätzbare Werte können Sie sich so für wenig Geld sichern, um sich selbst oder gar späteren Generationen immer wieder Freude zu machen! Was Sie singen, was Sie pfeifen, was Sie sprechen — alles hält die Schallplatte naturgetreu fest. Wollen wir eine Aufnahme machen?"

„Ja", sagte Sebastian.

Er war begeistert.

*

Sebastian holte seine Flöte aus dem Futteral. Leise blies er in den Luftkanal.

„Fertig?"

„Ja."

„Los!"

Die Platte lief.

Sebastian flötete.

Sebastian flötete lange und laut.

Dann setzte er die Flöte ab.

„Ich bin zu Ende."

„Bravo! Bravo!"

„Ich danke Ihnen!"

„Wollen Sie jetzt die Platte hören?"

„Ich bitte darum."

Der Vertreter legte die Platte auf.

Im Raum ertönte Sebastians Flötensolo.

„Genau als ob Sie im Zimmer bliesen!" lobte der Fremde.

„So klingt das?"

„Genauso. Täuschend ähnlich."

„Unheimlich! Das hätte ich nie geglaubt!" sagte Sebastian.

„Was? Da staunen Sie?"

„Ja. Da staune ich."

„Darf ich also dem Herrn den Apparat verkaufen?"

„Nein. Aber ich werde Ihnen etwas verkaufen."

„Was?"

Sebastian sagte demütig:

„Die Flöte."

Otto stürmte die Treppen empor.

„Der Karpfen, Ottilie!"

„Ja, ja, Otto."

„Alles fix und fertig? Die Butter zerlassen? Den Meerrettich gerieben? Die Kartoffeln geschwenkt? Die Teller gewärmt und ein frisches Tischtuch aufgelegt?"

„Ja, ja, Otto."

Otto rieb sich vergnügt die Hände.

„Dann kann der Schmaus beginnen! Du hast keine Ahnung, wie ich mich auf den Karpfen freue! Karpfen, Spiegelkarpfen, blau mit Meerrettich! Die höchste Wonne meines Gaumens, Ottilie! Wie groß ist denn der Fisch?"

„Zwei Pfund, Otto."

Otto ließ die Lippen sinken.

„Was? Nur zwei Pfund? So ein kleiner Fisch? Der reicht doch nicht hinten und nicht vorne? Da werde ich nicht satt und nicht froh, und du, wo bleibst du, Ottilie?"

Ottilie lächelte freundlich:

„Ich mache mir nicht viel aus Fisch, Otto — du kannst ihn ganz allein essen, ohne Bedenken, Otto —"

Dies schien Otto wieder ein wenig zu beruhigen.

„Zwei Pfund sind nicht die Welt", brummte er noch, „aber es ist wenigstens Karpfen, Spiegelkarpfen! Komm, Ottilie, zu Tisch, zu Tisch!"

Ottilie lief.

„Ich bringe ihn, Otto."

Der Karpfen wurde aufgetragen. Wie ein blaues

Märchen lag er auf dem weißen Teller. Gelbe Zitronen würzten den Anblick, braune Butter verbreitete köst=liches Behagen, selbst die runden Kartoffeln trugen festlichen Glanz. Ja, so ein Spiegelkarpfen ist kein gewöhnlicher Fisch!

Otto lief ein Pfützchen auf der Zunge zusammen. Er faltete die Serviette auseinander.

Da läutete es.

Otto erschrak.

„Es hat geläutet!"

„Wer kann es sein?"

„Keine Ahnung!"

„Hoffentlich kein Besuch!"

Ottilie schlich zur Tür. Leise kam sie zurück.

„Fabians kommen!"

„Fabians?"

„Ja."

„Gerade heute!" fluchte Otto.

Dann warf er die Serviette auf den Tisch und öffnete.

„Das ist aber reizend von euch, daß ihr euch einmal anschauen laßt!" rief er. „Kommt, legt ab, tretet ein in die gute Stube!"

Sie traten ein.

„Wir stören doch nicht?" fragte Fabian.

Otto brummte:

„Nein, nein, wir sind nur beim Essen. Ihr habt doch wohl schon gegessen?"

„Gewiß", antwortete Emilie Fabian.

Sie hatte die Rechnung ohne ihren Mann gemacht.

„Du sollst nicht lügen, Emilie!" sagte er, „unter

alten Freunden gleich gar nicht! Wir haben nämlich noch nicht gegessen, Otto — wir haben gedacht, wenn wir zu euch kommen — ein Löffel Suppe ist allemal noch da. Stimmt's?"

Ottilie wackelte mit den Bestecken.

„Suppe allerdings nicht", sagte sie, „aber ein Stück Karpfen werdet ihr bestimmt nicht verschmähen?"

„Gewiß nicht. Gewiß nicht."

Otto warf ein Stoßgebet zum Himmel.

„Zu viert einen Fisch!" rief er, „Karpfen ist nicht jedermanns Geschmack!"

Fabian winkte gemütlich ab.

„Macht keine Umstände, wir essen alles! Und Karpfen zumal! Ihr hättet es gar nicht besser treffen können, Karpfen ist meiner Emilie ihre Leibspeise, da wird sie schön in die Schüssel leuchten!"

Und schon saßen Fabians um den Tisch. Und schon war Otto in Todesnöten um den heißgeliebten Karpfen. Er blickte nach allen Seiten, von wo ihm Rettung käme. Sollte ihm der Karpfen wirklich davonschwimmen? Da fiel sein Blick auf die Zeitung.

*

Ottilie reichte Emilie die Schüssel.

„Bitte, bedient euch!" sagte sie.

Da begann Otto: „Eigentlich ist es gewagt —"

„Was, Otto? Was ist gewagt?"

„Fisch zu essen."

Fabian schaute schief.

„Sei doch nicht komisch, Otto", sagte er, „warum soll denn das gewagt sein?"

Otto richtete sich auf. Er griff nach der Zeitung.

„Habt ihr nichts von dem gräßlichen Unglück gelesen?"

„Welches Unglück?"

„Die Fischvergiftung in der Schillerstraße."

„Die Fischvergiftung?"

Alle drei starrten erschrocken auf Otto.

Otto faltete die Zeitung auseinander.

„Hier steht es", sagte er, „ich will es vorlesen: Fischvergiftung in der Schillerstraße! Die Familie des ehrgeachteten Tischlermeisters Tabler in der Schillerstraße erkrankte nach dem Genuß eines Spiegelkarpfens so heftig, daß sie das Krankenhaus aufsuchen mußte! – Was sagt ihr jetzt?"

Ottilie und Emilie sagten nichts.

Nur Fabian warf ein:

„Wer weiß, was sie alles reingefressen haben!"

„Mit nichten, Fabian, mit nichten!" widersprach Otto, „es geht noch weiter, hört: Nachforschungen haben ergeben, daß der Karpfen vom Fischzug im Stadtweiher stammte, der vorigen Freitag ausgefischt wurde und eine Beute von zwei Zentnern ergab. Den Hausfrauen wird daher geraten –"

Otto brach jäh ab.

„Was, Otto?"

„Das gehört nicht mehr hierher."

„Was wird den Hausfrauen geraten?" wiederholte Emilie.

„Nichts weiter", sagte Otto und legte die Zeitung beiseite.

Jetzt mengte sich Fabian ins Gespräch.

„Du kannst uns doch ruhig erzählen, was den Frauen geraten wird."

Otto ergab sich seufzend.

„Also gut, wenn ihr es unbedingt wissen wollt — aber ist es nicht zu dumm? Jetzt hat man Freunde zum Karpfenschmaus, und da steht in der Zeitung, man soll Abstand nehmen, Karpfen zu kochen, bis der Vorfall aufgeklärt ist! Zu albern ist das! Kommt, langt zu!"

Betretenes Schweigen herrschte am Tisch.

Stumm reichte man sich die Schüssel.

Keiner nahm. Nur Otto.

„Und Sie, Emilie?" sagte er und reichte ihr den Fisch.

„Ich weiß nicht recht —"

„Angst?“

„Meine Frau dankt“, bemerkte Fabian, „sie ist mit dem Magen nicht ganz in Ordnung — ihr müßt das verstehen —“

Otto kaute mit beiden Backen.

„Aber du ißt doch wenigstens, Fabian?“ fragte er.

„Eine Fischvergiftung ist eine mißliche Sache, Otto!“

„Jeder Fisch muß nicht giftig sein“, antwortete Otto, „freilich, aus dem gleichen Weiher wird er schon sein, aber er schmeckt herrlich!“

Fabian zögerte.

„Wirklich?“

„Ja. Versuche ihn!“

„Also gut — ein kleines Stück —“

Otto legte ihm die Gabel auf die Hand.

„Daß du dich nicht wunderst“, sagte er, „ein bissel einen sonderbaren Geschmack hat er, aber das kann auch Einbildung sein, man sieht immer die kranken Leute im Krankenhaus vor sich — nimm dir, Fabian!“

Fabian war jetzt entschlossen.

„Nein, lieber doch nicht! In aller Freundschaft, Otto, wenn du vergifteten Fisch ißt, muß ich noch lange nicht auch vergifteten Fisch essen. Du bist mir doch nicht böse, Otto?“

Otto legte sich die zweite Hälfte des Fisches auf den Teller.

„Von Bösesein ist keine Rede“, sagte er, „wenn ihr nicht mitessen wollt — so muß ich eben den ganzen Fisch allein vertilgen.“

Und er tat es denn auch.

*

Als am Abend Ottilie dazu kam, die Zeitung zu lesen, drehte sie lange das Blatt nach allen Seiten. Belustigt sah ihr Otto zu.

„Was suchst du denn, Ottilie?"

„Die Stelle, die du heute mittag vorgelesen hast!"

„Oben rechts in der Ecke, Ottilie!"

Ottilie suchte und suchte.

„Ich finde nichts", sagte sie dann.

„Lies nur vor, was dort steht!"

Ottilie las vor:

„Eßt mehr Fisch!"

Da lachte Otto und sagte:

„Siehst du, das las ich auch. Und da ich es beherzigen wollte, erfand ich die Geschichte von der Fischvergiftung. Denn sonst hätte ich nicht mehr, sondern weniger Fisch essen müssen."

Treffpunkt: Café Lasche

Oft fällt einem das Glück vom Himmel in den Schoß, und das Mädchen, das wir lieben, ohne daß wir uns zu nähern wagten, ruft eines schönen Morgens an. So ging es auch Johannes. Er traute seinen Ohren nicht, als plötzlich das Telefon läutete und eine weiche Mädchenstimme nach ihm verlangte.

„Hier Johannes."

„Wissen Sie, wer spricht?"

„Keine Ahnung."

„Ursula."

Johannes fiel vor Freude der Hörer aus der Hand.

„Was? Fräulein Ursula? Die entzückende, wunderschöne Ursula mit den blauen Augen und den blonden Haaren von schräg gegenüber? Wie bin ich glücklich! Was möchte ich Ihnen alles sagen, wenn ich die Gelegenheit dazu hätte!"

„Sie haben die Gelegenheit, Johannes."

„Wirklich?"

„Deswegen rufe ich ja an."

„Um zu hören, daß ich Sie liebe?"

„Ihre Augen waren zu beredt, jetzt möchte ich es gern auch von Ihren Lippen hören."

„Am Telefon?"

„Wo sonst?"

Johannes klopfte das Herz bis zum Hals.

„Wollen wir uns heute nachmittag treffen?"

„Wo?"

„Im Café Lasche."

Es war ein kleines Café für Liebesleute.

Ursula schien es nicht zu kennen.

„Wie heißt es?"

„Café Lasche!"

„Café Masche?"

„Nein! Lasche!"

„Buchstabieren Sie es mir, Johannes."

Johannes buchstabierte:

„L wie Liebste, A wie Angebetete, Sch wie Schönste und E wie Ewig dein!"

Da verstand es Ursula.

Und versprach, zu kommen.

*

Wißt ihr, was Seligkeit ist? Johannes wußte es jetzt. Eine Stunde später läutete das Telefon.

„Hallo?"

„Hier ist Ursula."

„Ja?"

„Wir wollten uns doch heute treffen?"

Johannes erschrak:

„Sagen Sie ab?"

„Nein. Aber ich habe den Namen des Cafés vergessen."

„Café Lasche."

„Gosche?"

„Nein", sagte Johannes, schon ein wenig verstimmt, „ich buchstabiere nochmals: L wie Liebe, A wie Anbetung, Sch wie schön und E wie ewig."

„Also Lasche?"

„Ja."

*

Mit Geistesgütern schien Ursula nicht gesegnet zu sein, dachte Johannes, aber Schönheit und Klugheit muß ja nicht immer gepaart sein, wenn die Schönheit so vollkommen ist. Und Ursula war schön, vollkommen schön. Da geht man über manches wohlwollend hinweg.

Eine Stunde später rief Ursula wieder an.

„Nicht wahr, Johannes, Zwalsch hieß das Café?"

„Nein! Lasche!"

„Passe?"

Johannes fauchte:

„Lasche! Lasche! L wie Lehmann, A wie Anton, Sch wie Schornstein und E wie endlich merken!"

„Ich komme, Johannes, ich komme."

*

Eine Stunde fehlte noch zum Stelldichein.

Johannes betrachtete ein hohles Gefäß und dachte an Ursula. Was zu viel ist, ist zu viel.

Etwas Verstand muß auch die Schönste haben!

Nun, er würde ja sehen!

Aber er sah nicht, er hörte.

Das Telefon läutete.

„Johannes?"

„Ja?"

„Hier ist wieder Ursula!"

„Ja zum – was willst du denn, Ursula?"

„Ich habe den Namen vergessen."

„Vom Café?"

„Ja."

„Café Lasche!" schrie Johannes erbost.

„Rumpelmaier?"

Das schlug dem Faß den Boden aus.

„Nein! Nein!" schrie Johannes, „L wie Lange Leitung, A wie Achsteigmirdochdenbuckelrauf! Sch wie Schade! Schade! und E wie Es hat nicht sollen sein!"

Vier Wochen war Otto in Budapest gewesen. Dann kam er zurück und ließ sich von seinen Freunden feiern. Das Wiedersehen fand in einer kleinen Weinstube statt, die in den frühen Abendstunden fast leer war. Was kümmerte die jungen Männer der einzelne ältere Herr am Nebentisch? Sie hatten ihren Otto wieder, und wenn Otto erzählte, nahm er den Mund so voll, daß er fast an den Lügen erstickte. Und ob sie es nun glaubten oder nicht glaubten, sie hatten ihren Spaß daran.

„Wie war es, Otto?"

„Herrlich!"

„Was hast du erlebt?"

„Ich könnte Bände erzählen!"

„Warst du im Theater?"

„Ich habe alle Theater besucht!" prahlte Otto.

„Wie waren die Nachtlokale?"

„Ich habe alle Nachtlokale gesehen!"

„Und die Frauen, Otto?"

Da wurde Otto rot, und er sagte leise:

„Ich bitte euch!"

„Unsinn, Otto! Erzähle!"

„Ein Kavalier genießt und schweigt!"

„Hast du Frauen kennengelernt?"

„Wenn ihr wüßtet!" –

„Hast du gar eine Frau geküßt?"

Da ging Otto der Knopf auf.

„Eine?" sagte er mitleidig.

„Gar zwei, Otto?"

„Zwei?" fragte Otto mit Gönnermiene.

„Wie viele, Otto?"

Da wölbte Otto die Brust, daß die Knöpfe krachten, und sagte:

„Alle Frauen Budapests habe ich gehabt, jawohl, alle! Da war nicht eine, die nicht mir gehörte! Wenn ihr wüßtet, was ich erlebt habe!"

„Wirklich, Otto?"

„Ich sage es euch doch!"

„Du hast alle Frauen in Budapest umarmt?"

Otto nickte:

„Alle Frauen!"

*

Der Herr am Nebentisch legte seine Zeitung beiseite, erhob sich und ging auf Otto zu.

„Verzeihen Sie", sagte er, „ich höre, Sie waren in Budapest?"

„Ja, mein Herr."

„Und Sie sagten, wenn ich mich nicht täusche, Sie hätten alle Frauen Budapests geküßt?"

Otto wurde ein wenig verlegen, aber was blieb ihm anderes übrig, als nach einem kurzen Zögern zu antworten:

„Gewiß, mein Herr."

„Das höre ich ohne Vergnügen", sagte der Fremde freundlich, „ich bin nämlich auf der Reise und in Budapest verheiratet. Wenn Sie also alle Frauen in Budapest geküßt haben, muß wohl auch meine Frau darunter gewesen sein. Und da Sie meine Frau geküßt haben, bleibt mir nichts anderes übrig, als Ihnen zwei kräftige Maulschellen zu verabreichen."

Er tat dies auch. Dann ging er ruhig zu seinem Tisch zurück.

Otto floh über alle Berge.

Als die Freunde allein waren, faßte sich einer das Herz, trat zu dem Tisch des Fremden und sagte höflich:

„Kränken Sie sich nicht! Wie wir Otto kennen, hat er weder Ihre noch überhaupt eine Frau in Budapest geküßt. Er prahlt nur gern. Sie müssen sich also keine Gedanken über Ihre Frau machen, mein Herr."

„Ich mache mir auch keine Gedanken – ich bin nämlich nicht verheiratet."

„Nein?"

„Nein. Ich bin auch nicht aus Budapest."

„Aber warum haben Sie dann – –?"

„Warum? – Einer muß es doch tun!"

„Juwelendiebe sind Faulpelze", meinte Burt, der Juwelenhändler, „es gibt nur drei Methoden, einem Goldschmied ein Schmuckstück abzujagen. Diese drei Methoden stammen bereits aus den Vorkriegsjahren der Kreuzzüge, und die Juwelendiebe werden nicht müde, immer wieder diese abgegriffenen Drehs zu verwenden. Sie werden darin nur noch von den Herstellern spannender Kriminalfilme übertroffen. Ein Juwelier braucht nur alle erreichbaren Kriminalromane zu lesen — ich gebe zu, es ist zwar ein sehr langweiliges Studium, und man leidet heftig unter den immer wiederkehrenden Wiederholungen —, um gegen alle Gaunereien durch sein Wissen gefeit zu sein. Ich persönlich lese jedenfalls seit meiner frühesten Jugend nur Kriminalromane und ich bin überzeugt, daß mir in meinem Geschäft nicht die geringste Überraschung geschehen kann."

In diesem Punkt aber irrte Burt, der Juwelier.

*

„Eines Tages erschien bei mir eine elegante junge Dame, die sich als Gräfin Nerajewa vorstellte", erzählte Burt einige Wochen nach dem denkwürdigen Vorfall, „sie gab an, mit ihrem Vater im Hotel zu wohnen und ein Schmuckstück kaufen zu wollen, das sie vor ein paar Tagen in meiner Auslage gesehen hatte. Der Wert des Schmuckstückes betrug weit mehr als die zehntausend, die ich dem Goldschmied dafür bezahlt hatte. Ich hatte zunächst kein Bedenken, es ihr vorzulegen, jedoch machte mich bald ihre nervöse Art stutzig, um so mehr, als sie plötzlich erklärte, kein Geld bei sich zu haben, jedoch den Schmuck unbedingt sofort mitnehmen zu wollen. Meine Begleitung lehnte sie strikt ab. Als ich darauf bestand, griff sie empört und hastig nach ihrer Handtasche und wollte mein Geschäft verlassen. Ich bat sie, zu bleiben, bis ich mich überzeugt hatte, daß alle dem Safe entnommenen Schmuckstücke vorhanden waren. Nicht umsonst hatte ich meinen Verstand an kriminalistischen Romanen geschärft, ich hatte es unzählige Male gelesen, wie gern ein Schmuckstück in der Aufregung einer Szene verschwindet. In diesem Augenblick öffnete sich die Tür, und ein Offizier in der Uniform eines fremden Staates trat ein."

„Vincent, helfen Sie mir! Man hat mich beleidigt!" rief die junge Dame leidenschaftlich und eilte auf den Offizier zu. Der Offizier sah mich einen Augenblick an und sagte:

„Wollen Sie mir eine Erklärung geben, mein Herr?"

Ich gab sie ihm. Er fand für meine Lage Verständnis. Er meinte nur: „Ich kenne die Gräfin Nerajewa, ich war oft auf dem Schloß ihres Vaters zu Gast. Vertrauen Sie ihr den Schmuck an. Genügt Ihnen mein Wort als Offizier?"

Ich bedauerte. Von falschen Uniformen hatte ich zu viel gelesen. „Ich habe nicht das Vergnügen, Sie zu kennen", sagte ich.

Er fuhr auf. Warf seine Legitimation auf den Tisch. Es war ein bekannter Name, von der Gesandtschaft bestätigt. Ohne meine Antwort abzuwarten, händigte er der Gräfin den Schmuck aus, führte sie zur Tür.

„Wann wollen Sie zurück sein?"

„In zehn Minuten."

Der Offizier küßte ihr die Hand. Sie ging.

Er kam zu mir zurück:

„Ich bleibe als Pfand bei Ihnen."

*

Was blieb mir übrig? Ich wußte, ich saß in einer Falle. Ich kannte dieses alte Spiel, ich hatte es unzählige Male gelesen, ich hatte wiederholt heftig im Kino darüber gegähnt. Das Ganze war natürlich ein abgekartetes Spiel. Aber mir waren die Hände gebunden. Es konnte ebensogut wahr sein, die Uniform konnte echt sein, und ich durfte es mir als einer der größten Juweliere des Landes nicht leisten, meinen Ruf aufs Spiel zu setzen. Ich versuchte also, die Peinlichkeit der Lage zu überbrücken. Der Offizier kam mir sichtlich dabei entgegen, zog seine goldene Tabatiere aus der Tasche und bot mir eine seiner selbstgedrehten Zigaretten an. Ich lehnte in ständigem Mißtrauen dankend ab, mein Verdacht wuchs aber, um so mehr, als der Fremde mit merkwürdigem Lächeln die Dose wieder einsteckte, ohne sich selbst zu bedienen.

Es vergingen zehn Minuten und weitere zehn Minuten. Wir blieben allein. Der Offizier erhob sich und ging zur Tür.

„Merkwürdig! Wo sie nur bleiben mag? Ich will nachsehen."

„Bitte — bleiben Sie!" rief ich und stellte mich ihm in den Weg.

Er holte tief Atem, eine Falte grub sich steil in seine

Stirn, er machte eine Bewegung, als wollte er mich wegstoßen, dann aber drehte er sich um und setzte sich auf einen Stuhl. Wieder vergingen zehn Minuten. Da erhob sich der Offizier.

„Ich muß Sie um Entschuldigung bitten", sagte er, „bitte, benachrichtigen Sie die Polizei."

„Das werde ich auch tun."

„Eine Erklärung zuvor: Es hat den Anschein, als ob ich mit der Gräfin Nerajewa unter einer Decke stecke. Ich versichere Ihnen, es ist nicht so. Unser Wieder=sehen überraschte mich, ich hatte die Gräfin seit fünf Jahren nicht gesehen. Es gibt Schicksale und Verirrun=gen auf der Welt, mit denen ich nicht rechnen konnte. Ich hafte Ihnen selbstverständlich für den vollen Be=trag, habe jedoch kein Geld bei mir."

„Ich habe es nicht anders erwartet."

Er zog seine goldene Dose aus der Tasche, löste seine Uhr vom Arm.

„Nehmen Sie dies als Anzahlung", sagte er, „der Rest wird in achtundvierzig Stunden bezahlt."

„Ich glaube Ihnen kein Wort!" rief ich heftig.

„Dann müssen Sie die Polizei rufen", sagte er gleich=mütig.

„Das werde ich auch! Sie sind niemals Offizier, Sie sind nur der Komplice dieser feinen Dame!"

Ich griff fassungslos vor Wut zum Telefon.

„Dort drüben steht ein Schutzmann", unterbrach er mich, „es ist einfacher, Sie holen ihn herein."

Ohne ihn einer Antwort zu würdigen, stürzte ich zur Tür, winkte dem Schutzmann, der sogleich her=überkam und den Offizier —"

„Lieber Burt", sagten die Freunde, „wie konnten Sie auf diesen alten Gaunertrick hereinfallen? Der Schutzmann war natürlich der Dritte im Bunde —"

Der Juwelier schüttelte den Kopf.

„Glauben Sie doch nicht, daß ich mit dieser so oft gelesenen Möglichkeit nicht gerechnet hätte! Während der Offizier verhaftet wurde, betätigte ich heimlich die Alarmanlage, und wenige Minuten später betraten zwei Schutzleute meines Reviers das Geschäft. Da aber ging die Tür noch einmal auf und herein trat die Gräfin.

‚Ich wurde aufgehalten', sagte sie, ‚habe ich mich verspätet?'

Sie legte das Geld auf den Tisch, betrachtete uns fünf Männer und sagte:

‚Wirklich — zum Filmen!'"

„Bei einer großen Truppenparade sah ich den Offizier wieder", schloß Burt seinen Bericht, „er saß auf der Ehrentribüne der Militärattachés, und als er mich erkannte, lachte er mir belustigt zu. Ich grüßte erfreut. Er schien den Gruß wohl nicht gesehen zu haben, jedoch am nächsten Tag erhielt ich von ihm ein Buch, einen billigen Liebesroman ohne jeden Wert. Ein paar Zeilen standen auf der ersten Seite: ‚Lesen Sie, lieber Freund, im Interesse Ihres Geschäfts lieber ein vernünftiges Buch — —'."

Kein Mensch weiß, wie er aussieht. Woher sollte er es auch wissen? Sagen es ihm die Leute? Was der Schneider über die Figur sagt oder der Haarschneider über den Kopf oder der Hemdenmacher über die Brust, das gilt doch nicht. Zugegeben, man kann in den Spiegel sehen. Aber in den Spiegel schaut jeder so hinein, wie er herauszuschauen wünscht. Im Spiegel ist jeder schön. Denn auch du, mein Freund, hast ein eigenes Spiegelgesicht und siehst in Wirklichkeit ganz anders aus als du glaubst, daß du aussiehst.

Es gibt nur ein Mittel, dein wahres Gesicht zu erkennen. Laß dich photographieren. Dann erlebst du dein blaues Wunder!

*

Oswin war fünfzig Jahre alt geworden.

Da ging Oswin zum Photographen.

„Mir sind sonst Eitelkeiten fremd", sagte Oswin, „aber diesmal möchte ich ein schönes Bild von mir — ohne allen Firlefanz und ohne Palmen im Hintergrund, nein, auch die Burgruine räumen Sie beiseite —, ich bin Familienvater und möchte ein Bild haben, das man sich aufhebt. Machen Sie eine Aufnahme von mir, so wie ich bin und wie ich aussehe."

Der Photograph machte die Aufnahme.

Er versprach, die Bilder in acht Tagen zu schicken.

Er hielt sein Versprechen.

Als Oswin den Umschlag aufriß — —

„Das soll ich sein?"

Er betrachtete sich lange.

Dann gefiel er sich.

Er lief in die Küche.

„Schaut her! Das bin ich!"

„Wo? Oswin? Zeig!"

Oswin reichte seiner Frau stolz sein Bild.

„Was sagst du zu deinem Mann?"

„Aber! Aber!"

„Was denn?"

Die Frau hielt das Bild nahe, sie hielt es fern.

„Aber, Oswin! Das bist doch nie und nimmer du!"

„Natürlich bin ich das!"

„Aber, Oswin! Hier siehst du doch aus wie der Grünkernhändler Hirsel von der Isoldengasse!"

Oswin nahm ärgerlich das Bild.

„Was du für Unsinn schwätzt, Helene! Hirsel sieht ganz anders aus. Hirsel ist erstens zehn Jahre jünger – schau dir nur das Bild an, das bin ich –, guck nur richtig!"

Hartnäckig hielt er ihr das Bild vor die Nase.

Die Frau schüttelte nur den Kopf.

„Du bist viel runder im Gesicht – dann hast du auch viel weniger Haare und kleinere Augen – schau nur die Nase an, Oswin, das ist doch nie im Leben deine Nase!"

„Das ist doch lächerlich, Helene! Ich muß doch wissen, ob ich ich bin! Du guckst eben nicht richtig! Du siehst mich eben mit falschen Augen! Ich weiß doch, wie ich aussehe. So sehe ich aus und nicht einen Deut anders. Eine Photographie lügt nicht."

Die Frau nahm nochmals das Bild.

Sie sah auf ihren Oswin und auf sein Konterfei.

„Ja, ich weiß auch nicht –"

„Guck nur richtig! Guck nur richtig!"

„Na ja, in manchem könntest du es schon sein –"

„Na also!"

„Nur – es könnte auch der Herr Hirsel aus der Isoldengasse sein."

Oswin riß ihr das Bild ärgerlich aus der Hand.

„Was hast du denn immer nur mit dem albernen Herrn Hirsel!" rief er erbost und betrachtete wieder wohlgefällig sein Bild, „das muß ich schon sagen."

Jetzt nahm wieder Helene das Bild.

„Wenn man es recht betrachtet, bist du es doch", sagte sie langsam, „nur auf den ersten Blick kamst du mir fremd vor. Da hast du ausgesehen wie der Herr Hirsel. Aber jetzt, jetzt sehe ich es, daß du es bist. Gefällst mir so, Oswin, wirklich, so gefällst du mir."

Oswin gefiel sich selbst.

Er konnte sich von seinem Anblick nicht trennen.

„Ein schönes Bild, Helene, wirklich, ein schönes Bild von mir", sagte er dann, „der Photograph, das ist ein Mann, der kann etwas – der hat was los in seiner Kunst –, so natürlich, wie er mich gemacht hat, ja ja, in diesen Dingen ist man jetzt schon sehr fortgeschritten."

Dann ging er aus der Küche.

Nahm den Hut, um sein Bild den Stammtischbrüdern zu zeigen.

*

Auf der Treppe begegnete Oswin dem Photographen.

„Wo wollen Sie denn hin?" rief Oswin.

„Zu Ihnen."

„Zu mir?"

Der Photograph nickte:

„Ja, mir ist ein Irrtum unterlaufen! Ich habe Ihnen nämlich aus Versehen statt Ihrer Bilder die Bilder vom Herrn Hirsel aus der Isoldengasse geschickt."

„Ich komme mit meinem Wagen überall durch!" prahlte Rumms, der tüchtige Fahrer, „mir ist kein Berg zu steil, keine Gasse zu eng, kein Graben zu tief und kein Weg zu schlecht!"

„Oho!"

„Wer rief Oho?" fragte Rumms herausfordernd.

„Ich sagte Oho!"

„Und was wollten Sie damit sagen?"

Der Fremde lächelte:

„Sie kennen sicher die Straße nach Hohenkogel nicht!"

*

„Wo ist die Straße nach Hohenkogel?"

Rumms hielt mit seinem Wagen an einem Dorfeingang und fragte einen, der zufällig vor dem Haus stand. Der Befragte riß entsetzt die Augen auf und lief so schnell er konnte ins Haus zurück.

„Da ist einer, der will nach Hohenkogel!"

„Zu Fuß?"

„Nein! Im Auto!"

Ein vielstimmiges Gelächter war die Antwort.

Rumms, der tüchtige Fahrer, stieg aus und ging ins Haus.

„Wo liegt die Straße?" fragte er.

„Gleich rechts ab", antwortete der Mann, der am vernünftigsten schien, „aber Sie können dort nicht fahren — die Straße ist über und über mit Schlamm bedeckt, der Untergrund ist Lehm. Sie kommen unmöglich mit dem Wagen durch, Herr!"

„Ich komme überall durch!"

„Diese Straße nicht, Herr!"

„Wir werden sehen!"

Und Rumms grüßte, schwang sich in seinen Wagen und fuhr davon.

Rechts bog er ab.

*

Ein gelber Pfeil stand neben der Kreuzung.

„Fahrstraße nach Hohenkogel!" stand darauf.

„Na also!"

Rumms gab Gas und fuhr los. Die Straße war schlecht, zugegeben. Die Straße war sehr schlecht, zugegeben. Die Straße wurde immer schlechter, zugegeben. Aber noch schlechter kann sie nicht werden, dachte Rumms, schlechter geht es nicht. Und noch schaffte es der Wagen.

Plötzlich hielt Rumms mit einem plötzlichen Ruck an.

Auf der Straße vor ihm lag ein Kopf, ein Männerkopf.

„Nanu?" dachte Rumms, „nanu?"

Da fing auch schon der Kopf zu reden an.

„Wo wollen Sie hin, Herr?"

„Nach Hohenkogel."

„Unmöglich!"

„Für mich ist kein Weg unmöglich!"

Der Kopf auf der Straße lächelte bitter:

„Das sagte ich auch, Herr! Mir war kein Berg zu steil, keine Gasse zu eng, kein Graben zu tief und kein Weg zu schlecht! Ich wollte auch nach Hohenkogel. Vor einer Stunde brach ich auf. Jetzt stecke ich bis zum Kopf im Schlamm!"

Rumms rief entsetzt:

„Was? Bis zum Kopf?"

Der andere seufzte:

„Wenn es nur so tief wäre! Aber ich bin geritten und sitze noch immer auf meinem Pferd."

Der junge Mann blieb vor ihr stehen.

Er zog seinen Hut.

„Sie heißen Hermine!" sagte er streng.

„Entschuldigen Sie –"

„Heißen Sie Hermine? Ja oder nein?"

„Ich heiße Hermine. Aber ich kenne Sie doch gar nicht!"

Der junge Mann sah ihr tief in die Augen.

„Ich kenne Sie auch nicht. Sie sehen mich heute zum ersten Male. Dennoch weiß ich, daß Sie Hermine heißen", sagte er visionär und richtete seinen ausgestreckten Zeigefinger auf sie.

„Woher wissen Sie denn das?"

„Ich weiß noch viel mehr", fuhr der junge Mann eindringlich fort, „ich weiß, daß Sie verheiratet sind, eine Dreizimmerwohnung mit einem Garten haben, in dem Wühlmäuse erst vor kurzem Ihren selbstgepflanzten Salat vernichteten, daß Ihr Mann Bruno heißt und Ihre Ehe zu Ihrem Kummer bis heute kinderlos blieb. Stimmt das?"

Hermine stand überwältigt. Ihre Arme hingen ihr hilflos am Körper.

„Das ist unheimlich! Alles stimmt genau."

„Sie hatten vorgestern große Wäsche und hängten siebenundsechzig Wäschestücke im Hofe auf."

„Ach! Sie wohnen in der Nachbarschaft?"

Der junge Mann zog seine Brieftasche.

„Keineswegs. Ich war noch nie in dieser Stadt. Ich bin erst heute früh aus Bukarest hier angekommen.

Da ist mein Paß mit dem Grenzstempel. Hier ist die Fahrkarte. Vor vier Stunden war ich noch im Ausland."

„Aber woher wissen Sie dann alles?"

„Mein großes Geheimnis!" fuhr der junge Mann energisch fort. „Ich weiß noch viel mehr: Ihr Mann ist städtischer Beamter, er arbeitet im gleichen Büro mit einem Herrn Flemming zusammen. Herr Flemming ist verheiratet, seine Frau ist blond und hat sich kürzlich einen neuen Hut gekauft, der ihr überhaupt nicht steht. Außerdem hat sie sich ein Kleid vom vorigen Winter umarbeiten lassen."

„Sie kennen sicher Frau Flemming?"

„Ich schwöre, ich habe Frau Flemming noch nie gesehen! Aber kommen wir zu Ihnen zurück: Sie sind seit acht Jahren verheiratet, Sie hätten damals eine viel bessere Partie machen können, aber Sie entschlossen sich zu Bruno wegen der Pension als Beamter. Ihr Mann geht jeden Sonnabend kegeln und ist das letztemal erst früh um zwei Uhr heimgekommen. Weiter: Eine Schwester von Ihnen will sich mit einem Mann verheiraten, von dem man nichts Genaues weiß. Ihr Mann hat eine Auskunft über ihn eingezogen, die aber noch nicht eingetroffen ist. Ihre Frau Mutter hat Ihnen vor drei Tagen einen Brief geschrieben, in dem sie ankündigte, daß sie acht Tage zu Besuch kommt. Daraufhin hatten Sie einen Streit mit Ihrem Mann, dem Sie vorwarfen, daß Sie vor drei Jahren seinen Bruder auch vier Wochen durchgefüttert hätten, als er seine Stellung wegen Unregelmäßigkeiten beim Gaswerk verlor. Stimmt das?"

Hermine zitterte am ganzen Körper.

„Herr, das grenzt an Zauberei!"

„Ich bin auch ein Zauberer!"

„Mein Gott!" seufzte Hermine erschüttert.

Der junge Mann lächelte zum ersten Male.

„Sie können daran teilhaben, meine Dame. Ich will mein Können nicht für mich behalten. Wenn Sie wollen, weihe ich Sie gern für die Kleinigkeit von zwanzig Mark in mein Geheimnis ein."

„Ich werde dann auch in der Lage sein, das Leben unbekannter Menschen bis in die intimsten Dinge zu wissen?"

„Bestimmt, meine Dame."

Hermine nestelte an ihrer Handtasche und zog einen Zwanzigmarkschein heraus. Sie überreichte ihn dem jungen Mann.

„Und wie muß ich es machen?"

Der junge Mann sagte leise:

„Genau wie ich. In der Straßenbahn fahren. Ich habe nämlich vor zehn Minuten in der Straßenbahn hinter Ihnen gestanden und genau zugehört, was Sie Ihrer Freundin erzählten."

Der Herr im Kaffeehaus drehte sich ärgerlich um. Er schaute und schaute, woher es käme. Endlich entdeckte er den Wirt.

„Stellen Sie das Zeug doch ab!" rief er zornig.

„Das Radio?"

„Ja!"

„Es ist Mozart, Herr!" warf der Wirt ein.

„Eben deswegen! Mozart! Mozart! Und zuvor Haydn! Ist das noch Musik? Wenn es wenigstens Wagner wäre! Oder Richard Strauß! Oder meinetwegen auch eine schöne Militärmarschkapelle in großer Besetzung! Aber Mozart! Kann man das noch als Musik bezeichnen?"

Der Wirt lächelte mitleidig.

„Die Geschmäcker sind halt verschieden —", sagte er.

Er hatte die Rechnung ohne den Gast gemacht.

„Hier ist nicht die Rede vom Geschmack! Hier ist die Rede von Musik!" schrie der Gast, „diese klägliche Wimmermusik, vielleicht gar noch auf der gedämpften Geige oder auf dem wohltemperierten Klavier! Wer hält das aus? Diese Musik müßte von Amts wegen verboten werden! Sie richtet nur Schaden an! Ich könnte Ihnen Dinge erzählen, guter Mann, Dinge könnte ich Ihnen erzählen, die ich mit einer Musik von Haydn erlebt habe —"

„Erzählen Sie!"

„Ich war vor einigen Jahren in Köln", begann der Fremde, „ich besuchte dort ein Haus in einem großen

Garten etwas außerhalb der Stadt; ein junges Ehepaar wohnte dort. Das junge Ehepaar hörte den ganzen Tag von früh bis abends Radio. Nicht eine Sekunde schwieg der Lautsprecher. Er tönte in einer Stärke — wenn Lautsprecher heiser werden könnten, weil sie sich überschreien, hätte dieser Lautsprecher längst stockheiser sein müssen! Die jungen Leute waren keineswegs taub, aber sie behaupteten, Musik wäre nur dann schön, wenn sie laut wäre. Umsonst hieße ja schließlich auch nicht der Lautsprecher eben Lautsprecher. Nun, ich konnte mich diesem Argument nicht verschließen. Eines Abends saß nun das Ehepaar beim Nachtmahl im Wohnzimmer, und der Lautsprecher lärmte, daß man sein eigenes Wort nicht mehr verstand. Selbst das Wiegenlied von Schumann ließ die Fenster erzittern und dröhnte weit in die Nacht hinaus. Diesen Lärm hatte sich ein Einbrecher zunutze gemacht und war in das Schlafzimmer eingestiegen, das neben dem Wohnzimmer lag. Radiobesitzer und vor allem eifrige Radiohörer sind ja längst ein beliebter Besuchsort für Einbrecher geworden, denn wer hört, was im Nebenzimmer vorgeht, wenn er dem lauscht, was fünfhundert Kilometer entfernt geschieht?"

„Sehr richtig!" bemerkte der Wirt.

Der Fremde fuhr fort:

„Während der Einbrecher an der Arbeit war, erklang plötzlich aus dem Lautsprecher die Abschiedssinfonie von Haydn, jenes famose Musikstück, wo zum Schluß jeder Mitwirkende sein Instrument einpackt, seine Kerze löscht und heimgeht, weil die Leute ihm nicht mehr die Gage zahlen können. Die Sinfonie begann ganz ordentlich mit Paukenschlag und Posaunenruf, allmählich aber wurde sie immer leiser, nun spielten nur noch vier Musikanten, dann ging auch der Klarinettist, bald der dritte Geiger, dann der zweite, nur noch eine Geige spielte. Mit einer Geige aber ist keine Musik zu machen, auch wenn man den Lautsprecher noch so weit aufdreht. Der Einbrecher im Nebenzimmer, in dem Wahn, eine Sinfonie gleiche der anderen, hatte sich nicht auf diese Funkstille eingestellt, die die eine Geige verursachte, und — was soll ich Ihnen noch lange erzählen? — man hörte das Geräusch, eilte hinüber, fand den Einbrecher und holte die Polizei. Er bekam zwei Jahre."

„Sehr interessant!" bemerkte der Wirt.

„Sehen Sie! Hätte man nun im Radio nicht Haydn gespielt, sondern die ‚Tannhäuser-Ouvertüre' von Wagner oder ‚Eulenspiegels lustige Streiche' von Strauß, wäre der Einbrecher nie erwischt worden!"

Der Wirt verstand nicht recht.

„Entschuldigen Sie schon — aber daß man den Einbrecher erwischte, konnte Ihnen doch nur recht sein?"

„Mir? Warum?"

„Ihnen als Freund des Hauses?"

Der Fremde lachte.

„Wieso? Ich war doch der Einbrecher."

Männer von vierzig Jahren geben es meist teurer, nicht billiger. Die Fama lügt. Sonst wären wir Männer wohl nicht die Schutthalde, auf die unsere Nichten die ganze Unlust ihres Herzens ausschütten könnten. Wir gelten wohl nicht mehr, die Krähenfüße um die Augen nahmen uns die Mannbarkeit. Auch wir selbst, wohl bedürftiger eines stärkeren Anreizes, erblicken in den Nichten nur die Kinder unseres Jugendschwarms und kommen uns ihnen gegenüber unsagbar unbeholfen vor, ängstlich darauf bedacht, nicht durch ein kosendes Wort läppisch zu wirken und auch noch die Würde des Onkels einzubüßen, den Rest vom Schützenfest des Lebens. Dies gehört nicht zur Geschichte, die ich euch erzählen will, aber da es einmal geschrieben ist, mag es stehenbleiben.

Gestern besuchte mich meine Nichte Christine. Christine steckt in einer unguten Haut. Sie hat Angst, sich etwas zu vergeben. Sie vermeidet das Lachen, um nicht leichtsinnig zu wirken. Auch dem Lächeln und jedem freundlichen Wort geht sie aus dem Wege, damit die Leute nicht glauben, sie stehe an der Türe und warte nur darauf, jemand eintreten zu sehen. Dabei besteht sie aber auf ihren Rechten dem Leben gegenüber, weicht nicht wie wir alle einen Schritt zurück, um dann zwei vorzutreten, nein, sie steht, wo sie steht und nimmt lieber die Püffe entgegen, als daß man von ihr sagen könnte, sie ließe sich leicht an die Wand drücken. Und dies alles mit jungen achtzehn Jahren. Ich habe Angst um ihre Zukunft.

Unlustig trat sie bei mir ein, bestellte die Grüße meiner zärtlichen Verwandten, nahm kühl eine Zigarette, die ich ihr anbot. Ihre Art verriet, daß sie wieder einen Ballast auf dem Herzen hatte, den sie loszuwerden strebte. Ich ließ es ruhig in ihr gären, tat, als beschäftige ich mich mit einem Buch, und bot ihr durch kein Wort eine Brücke.

„Deine Frau ist auch nicht nett zu mir", begann sie endlich, „ich hörte ganz deutlich vor der Tür, wie sie zu dir sagte: ‚Christine ist schon wieder da! Hoffentlich bleibt sie nicht zum Essen!' Ich habe ihr doch nichts getan! Warum sind alle Leute so häßlich zu mir?" Ich wollte ihr nichts erwidern.

„Du machst dir keine Vorstellung", fuhr sie fort, „wie es mir im Büro geht! Sogar unsere Vorsteherin, die früher so freundlich zu mir war und mir noch vor einer Woche ein Mittel gegen meinen Schnupfen verriet —"

„Hat es geholfen?" unterbrach ich.

„Nein. Natürlich nicht."

„Du hast ihr hoffentlich gesagt, daß es genützt hat?"

Christine sah mich an, als käme ich aus einer fremden Welt.

„Keineswegs! Ich lüge doch nicht. Ich habe ihr erklärt, daß durch ihr Mittel mein Schnupfen nur noch schlimmer geworden sei. — Und noch eines, Onkel Hanns, ich bin verliebt."

Ich antwortete ruhig:

„Warum solltest du es nicht sein? Es scheint dir ja auch selbst kein Wunder, sonst würdest du es nicht so ruhig feststellen."

„Ist Verliebtsein ein Wunder?"

„Es ist das schönste Wunder, das das Leben uns schenken kann", sagte ich, „es ist so geheimnisvoll, daß man immer Angst hat, es fliegt davon, wenn wir nur den Mund öffnen, um davon zu sprechen. Bei dir jedoch bin ich ohne Sorge, dein Glück scheint handfester zu sein."

Ich wußte, daß ich vor ihr mit diesen Worten ein sonderbarer Heiliger wurde. Aber Heilige sind auch Menschen.

„Justus und ich sind uns einig", fuhr Christine fort, „wir wissen, was wir voneinander zu halten haben, wir werden heiraten. Nur seine Mutter ist dagegen. Sie sagt es nicht gerade, aber sie behandelt mich, als ob ich nicht im Zimmer wäre."

„Und du, Christine, was tust du?"

„Ich? Natürlich nichts. Ich kann mich ihr doch nicht aufdrängen, ich kann ihr doch nicht um den Hals fallen."

„Doch, Christine", sagte ich, „gerade das solltest du tun! Du beklagst dich, daß alle Welt unfreundlich zu dir ist. Es gibt ein Mittel dagegen. Es steht dir frei, es zu versuchen. Ich gebe zu, es wird dir widerstreben, aber eine gute Medizin schmeckt immer bitter."

„Und das Mittel?"

„Küsse jeden, den du triffst!"

„Das ist doch nicht dein Ernst! Man wird mich auslachen!"

„In diesem Falle verspreche ich dir, hinzugehen und zu erklären, daß es sich um eine lustige Wette handelt. Dann haben wir das Lachen auf unserer Seite.

Willst du es also versuchen?"

„Du hilfst mir, Onkel Hanns?"

Ich nickte: „Den nächsten Menschen, den du siehst, küßt du!"

*

Der nächste Mensch, der eintrat, war meine Frau. Ich gab Christine einen leisen Stups, und sie flog meiner Frau um den Hals. Ungeschickt gab sie ihr zwei Küsse auf die Wangen. Meine Frau wurde verlegen.

„Was ist denn in dich gefahren, Christine?" rief sie, „und ich habe immer geglaubt, du magst mich alte Frau nicht! Du hast mich also doch gern? Wie ich mich freue, Christine! Du bleibst doch hoffentlich zum Essen? Und Apfelküchel backe ich dir auch noch schnell, ich weiß ja, wie gern du sie ißt!"

Als Christine später mit mir aus dem Haus trat, begegneten wir ihrer Bürovorsteherin.

„Sie auch? Muß ich?" fragte Christine.

„Selbstverständlich."

Christine machte vor ihr einen Knicks, was ich noch nie bei ihr gesehen hatte, und küßte die Hand des hageren Fräuleins.

„Aber Fräulein Christine!" sagte das Fräulein und wurde ordentlich rot dabei, „was fällt Ihnen denn ein?"

„Ich bin ja so froh! Ihr Mittel gegen Schnupfen —"

„Hat es doch noch geholfen?"

„Ja", schwindelte Christine.

Das hagere Fräulein schloß sie gerührt in die Arme.

„Ich wußte es ja! Meine Mittel stammen von meiner Mutter und helfen stets. Kommen Sie nur immer zu mir, wenn Sie etwas auf dem Herzen haben!"

Ich begleitete Christine zu ihren zukünftigen Schwiegereltern, die ich gut kannte.

„Guten Tag, Justus!"

Christine reichte ihm die Hand.

Ich war damit nicht einverstanden.

„Dein Versprechen, Christine!"

Christine errötete. Es stand ihr herrlich.

„Aber Onkel Hanns! Doch nicht ihn!"

„Ihn vor allen!"

„Ich habe ihn noch nie geküßt."

„Dann wird es höchste Zeit!"

Justus wußte nicht, wie ihm geschah.

Es schien ihm gut zu munden.

Christine verweilte länger, als es mir bei der offenen Tür für meine Gesundheit zuträglich war.

In dieser Minute erschien die Mutter.

„Justus!" rief sie erschrocken.

Ehe sie weitersprechen konnte, hing Christine an ihrem Hals.

„Ich bin ja so glücklich — so glücklich!" jubelte sie.

„Und ich hatte keine Ahnung —"

„Sind Sie mir sehr böse, Frau —"

„Sag ruhig Mutter, Christine", antwortete die Mutter gerührt und holte ein Taschentuch hervor. Mütter müssen nun einmal weinen, wenn sie glücklich sind.

*

Als ich mit Christine in der Dämmerung heimging, drückte sie mir dankbar die Hand. Ich wehrte ab. Ich kam mir wieder einmal unsagbar alt vor. Und sehr mit der Würde des Onkels belastet.

„Schon gut, Christine, schon gut!"

Es klang abweisender, als ich wollte.

Christine blieb stehen.

„Jetzt sind alle nett zu mir, Onkel Hanns, nur du nicht!"

Ich wischte mir den Reif aus dem Bart.

„Mich hast du ja auch noch nicht geküßt", sagte ich.

Schellfisch

Eine Einladung ist ein Geschenk des Geschickes. So dachte auch Dill, als er eines Tages Drollig traf. Er traf ihn gegen die Mittagsstunde.

„Was gibt es denn heute bei euch zu Mittag?" fragte er.

Drollig dachte nach.

„Heute? Welcher Tag ist heute?"

„Mittwoch."

„Mittwoch gibt es Schellfisch."

„Schellfisch!"

Dill jauchzte dies in höchster Seligkeit.

„Schellfisch! Schellfisch! Schellfisch esse ich für mein Leben gern!"

„Meine Frau macht jeden Mittwoch Schellfisch."

„Wie ich dich beneide!"

„Warum?"

„Schellfisch! Schellfisch!"

*

Drollig blieb nichts anderes übrig, als Dill einzuladen, zum Mittagessen zu seiner Frau zum Schellfisch mitzukommen. Der Schellfisch kam auf den Tisch. Es war ein herrlicher Vierpfünder, weiß wie Schnee und mürbe wie frische Nuß.

Dill seufzte in höchster Wonne:

„Schellfisch! Schellfisch!"

„Bitte, Dill – bediene dich!"

Dill bediente sich. Es reichte für drei.

Dadurch reichte der Schellfisch kaum für zwei.

Dill kaute und schmauste. Zwischen den besten Bissen rief er:

„Ach, jeden Mittwoch müßte man Schellfisch essen!"

„Essen Sie ihn so gern?"

„Am liebsten jeden Mittwoch."

Drolligs Frau blieb nichts anderes übrig, als zu antworten:

„Dann kommen Sie doch jeden Mittwoch zu uns."

Dill kam. Er kam jeden Mittwoch zu Drolligs. Zum Mittagessen und zum Schellfisch. Pünktlich wie eine Uhr stellte er sich ein. Jeden Mittwoch. Nun schon seit sechs Wochen.

„Das geht doch nicht so weiter!" meinte Frau Drollig.

„Was geht nicht weiter?"

„Dein Freund, der Dill! Jeden Mittwoch kommt er! Er sagt nicht Danke und nicht Meff! Er kommt zum Essen und geht nach dem Essen. Was das kostet! Ich will einfach nicht mehr!"

Drollig sann auf Abhilfe. Dann sagte er:

„Vergiß doch nächsten Mittwoch einfach den Schellfisch."

„Vergessen?"

„Ja. Koch etwas anderes. Koch etwas, was Dill nicht so gern ißt."

„Und Dill?"

„Er wird es schon merken."

*

Dill merkte es. Als er am nächsten Mittwoch kam, gab es keinen Schellfisch. Sondern Kraut mit Knödeln.

„Sei meiner Frau nicht böse, Dill", bat Drollig.

„Böse? Warum böse?"

„Sie hat es heute vergessen."

„Was?"

„Den Schellfisch."

Dill stand starr.

„Was? Wie? Es gibt heute keinen Schellfisch?"

„Nein."

Da seufzte Dill erlöst auf und sagte:

„Gott sei Dank! Ich habe nämlich den ewigen Schellfisch längst satt. Er wächst mir schon zum Halse heraus. Wenn es heute bei euch wieder Schellfisch gegeben hätte, wäre ich nicht mehr zum Essen gekommen. So aber will ich auch weiterhin gern jeden Mittwoch euer Gast sein."

Diese Geschichte – das sei vorausgeschickt, sonst würde sie niemand glauben – spielt vor dem Kriege ...

Savarine kam mit leeren Händen.

„Peter, ich brauche Wirtschaftsgeld!"

„Wirtschaftsgeld?"

„Ja, Peter."

„Am Zwanzigsten?"

Savarine, die Herzige, seufzte:

„Das Leben ist ja so teuer, Peter! Du hast keine Ahnung, was alles kostet! Der Fleischer, der Bäcker, die Butterfrau – der Kaffee, der Tee, der Zucker, das Salz – das Gemüse, das Obst – und essen willst du doch, Peter, gut essen sogar!"

„Darum gebe ich dir auch so viel Wirtschaftsgeld, Savarine!"

Savarine lächelte:

„Viel schon, Peter, aber nicht zu viel – glaub mir, ich bin ein sparsames Kind und ein ordentliches Kind, ich schreibe alles in meinem Wirtschaftsbuch auf, und wenn du es nicht glaubst, brauchst du nur im Wirtschaftsbuch nachzusehen."

*

Und Peter sah im Wirtschaftsbuch nach. Er sah nicht nach, weil er ein häßlicher Geizkragen oder ein verknöcherter Pedant oder ein unangenehmer Patron war, er sah nach, weil in den vier Monaten seiner Ehe seine junge Frau immer weniger mit dem reichlich bemesse=

nen Wirtschaftsgeld auskam, weil er da fünf Mark zu=legen mußte, dort mit zehn Mark ein Loch stopfen und zum Schluß immer noch eine Rechnung beim Fleischer oder Milchmann, der ja so gern stundet, bezahlen mußte. Peter gönnte Savarine gern den Besuch beim Konditor, obgleich sie schwur, nie zu naschen. Peter freute sich, Savarine immer nett frisiert zu sehen, trotzdem sie nie Geld zum Friseur trug, wie sie hoch und heilig versicherte, und es war immer noch die Fri=sur von damals, erklärte sie mit großen Augen, wenn Peter die Allzufrischfrisierte prüfend betrachtete — nein, Peter gönnte seiner jungen Frau diese angeneh=men Dinge von Herzen und wußte auch, daß dies alles vom ersparten Wirtschaftsgeld geschah, aber die Kirche muß im Dorfe bleiben, sagte er sich, und war auch neugierig, ob es ihm gelingen möchte, Savarine auf den Schlich zu kommen.

„Hier, bitte — nun prüfe, Peter!"

Savarine setzte sich ganz ernsthaft in einen Stuhl, Peter gegenüber. Sie war zwar ein wenig blaß, als sie ihm das Buch hinüberreichte, und es war eine feier=liche Zeremonie, als der Ehegatte zum erstenmal in der Ehe einen Rechenschaftsbericht verlangte. Und Peter las: „Suppengrünes, Petersilie, Fleisch, Brot, Kaffee — Suppengrünes, Petersilie, Schellfisch, Semmeln, Senf — Suppengrünes, Petersilie, Makkaroni, Schinken, Grieß, Zucker und fünf Pfennige Trinkgeld für den Zeitungs=mann."

„Das mußte ich tun, Peter", sagte Savarine, „er bringt immer die Zeitung so pünktlich, das ist doch keine unnütze Ausgabe, Peterle, oder ja?"

„Nein", sagte Peter, „das nenne ich nicht verschwenderisch gehandelt."

Dann las er weiter. Er las die Ausgaben jeden Tages, er multiplizierte, er addierte, und siehe, es stimmte. Er fand auch keine unnützen Dinge und konnte sich erinnern, wann es den Schweinebraten gegeben und wann die neuen sauren Gurken. Nur eine Sache fiel ihm auf. Jeder Tag begann:

„Suppengrünes, Petersilie – Suppengrünes achtzig Pfennige, Petersilie sechzig Pfennige" – und am nächsten Tage wieder: „Suppengrünes, Petersilie –"

Und Peter fragte:

„Sag, Liebes, wozu braucht man Suppengrün?"

„Zur Suppe, Liebster!"

„Wir essen doch nie Suppe, Liebste –"

„Wir essen nie Suppe, Liebster?"

„Nein."

„Ach?"

Savarine sah unschuldig vor sich hin.

„Wozu hast du also das Suppengrün gekauft?"

„Es wäre doch möglich gewesen –"

„Was wäre möglich gewesen?"

„Daß du einmal Appetit auf Suppe bekommen hättest, Peter! Und dann hätte ich kein Suppengrün im Hause gehabt und hätte dir deinen Lieblingswunsch nicht erfüllen können, Peter!"

„Suppe ist nicht mein Lieblingswunsch, Savarine."

„Nein?"

„Nein!"

Die Sache mit dem Suppengrün stimmte nicht. Peter lächelte, aber er zeigte sein Lächeln nicht. Sondern er schritt ernst, wie es sich für einen Ehemann geziemt, der seiner Frau auf den Schlich gekommen ist, aus dem Hause. Denn Strafe muß sein, auch für die reizendste, geliebteste und wunderschönste Frau.

*

Doch lange sollte die Strafe nicht währen. Peter schritt durch einige Straßenzeilen, immer um sein Haus herum, kam zufällig an dem Gemüsemarkt vorbei, und da er immer an Suppengrün dachte, blieb er vor einem Stand stehen und sagte:

„Ich möchte meiner Frau gern Suppengrün mitbringen."

„Bitte sehr, Herr Doktor", sagte die Gemüsefrau freundlich, „für wieviel soll es denn sein?"

„Für achtzig Pfennige."

Der Händlerin blieb der Mund offenstehen.

„Für wieviel?“ fragte sie nochmals.

„Für achtzig Pfennige.“

Da warf die Alte noch einen langen, verwunderten Blick auf den Käufer, wischte sich die Hände an der Schürze und lief ohne ein Wort zu sagen davon. Peter sah ihr verdutzt nach. Da er nicht wußte, wie er sich verhalten sollte und doch unmöglich den offenen Stand mit Eiern, Obst und Gemüse allein und ohne Aufsicht lassen konnte, blieb er stehen und wartete. Er wartete zehn Minuten, er wartete zwanzig Minuten, da erschien endlich, aufgeregt und abgehetzt, die Alte wieder. Auf beiden Armen, daß sie es kaum tragen konnte, trug sie einen Riesenberg Grünzeug.

„Lieber Mann“, sagte sie erschöpft, „mehr habe ich auf dem ganzen Markt an Suppengrün nicht auftreiben können. Das hier ist für dreißig Pfennige.“

Ein feiner Mann

Es war kurz vor sieben Uhr.

Da trat Otto durch die Türe.

„Tag, Hugo!"

„Nanu?" sagte Hugo.

„Wieso nanu?"

„Ich denke, du bist böse mit mir, Otto?"

„Alles vergeben und vergessen!"

„Und ich fürchtete –"

„– daß ich mich rächen würde?"

„Ja, Otto."

Otto sah aus wie ein Biedermann.

„Aber, Hugo!" sagte er, „sehe ich aus wie einer, der sich rächen will? Im Gegenteil, ich komme, dir eine Freude zu machen. Ich habe für heute abend zwei Karten für die Oper. Ganz dicht vorn, prima Plätze. Willst du mitkommen? Ich lade dich ein."

Hugo nahm die Einladung erfreut an.

„Wann beginnt die Oper?" fragte er.

„Halb acht."

„Halb acht?" Hugo sah auf die Uhr. „Jetzt ist es sieben – da werde ich noch schnell heimgehen und meiner Frau sagen, daß ich mit dir in die Oper gehe."

„Das wird zu spät, lieber Freund!"

„Meine Frau wartet und sorgt sich sonst!"

„Einmal ist keinmal, Hugo – wir kommen sonst nicht zurecht."

„Wenn du denkst –"

Otto dachte es.

„Die Oper ist halb zwölf zu Ende, du erzählst dann

deiner Frau einfach, du bist mit mir in der Oper gewesen. Das wird sie entschuldigen — also komm, Hugo."

Und Hugo kam mit. Sie saßen in der Oper, vorn in der ersten Reihe, und Hugo schämte sich ein wenig, denn er hatte kürzlich Otto einen tollen Streich gespielt, über den sich Otto fürchterlich geärgert hatte. Otto hatte drei Wochen nicht mit ihm gesprochen, kaum seinen Gruß erwidert. Und heute kam er von selbst, brachte sogar Theaterkarten mit! Die feurigen Kohlen brannten auf Hugos Haupt, und er beschloß, Otto in der Pause etwas Nettes zu sagen.

In der Pause aber war Otto verschwunden. Hugo suchte ihn überall, im Treppenhaus, im Rauchsalon, am Bierbüfett und bei den Schinkenbrötchen, Otto war nirgends zu finden. Wo war denn Otto?

Otto war überhaupt nicht im Theater. Er war schnell in eine Autotaxe gesprungen und in Hugos Wohnung gefahren. Dort öffnete ihm Hugos Frau.

„Guten Tag, Otto!" sagte sie überrascht.

„Wo ist Hugo?"

„Mein Mann?"

„Ja. Ich möchte ihn gern sprechen."

„Mein Mann ist noch nicht heimgekommen."

„Was? Jetzt um zehn Uhr nachts noch nicht heimgekommen? Hat er keine Nachricht gegeben?"

„Nein", sagte die Frau verärgert, „ich warte schon seit sieben."

„Das finde ich reichlich sonderbar! Na denn — gute Nacht!"

Und dann fuhr Otto wieder in die Oper zurück und

setzte sich mit einem freundlichen Lächeln neben Hugo, just in dem Augenblick, als sich der Vorhang zum dritten Akt hob.

Als Hugo gegen Mitternacht heimkam, fragte die Frau:

„Wo kommst du denn so spät her?"

„Ich war mit Otto in der Oper."

„Mit wem?"

„Mit Otto! Er hat mich im Geschäft abgeholt und hat mich in die Oper eingeladen. Wir waren den ganzen Abend zusammen."

Was dann geschah – der Chronist verschweigt es. Das erste Wort, das seine Frau wieder mit ihm sprach, hörte Hugo erst nach vier Wochen. Otto hat er nie wieder gesehen.

„Nun packen Sie alles zusammen, was Sie da haben", sagte Paul Bunke, „den dicken Hecht da hinten, den achtpfündigen Karpfen, den fetten Aal, die Riesenforelle und die drei Lachse —"

Der Fischhändler Döbel schüttelte den Kopf:

„Sie geben wohl daheim ein Festessen?"

„Wo werde ich!"

„Wozu brauchen Sie denn dann die Fische?"

„Zum Angeln, lieber Döbel, zum Angeln!"

„Das verstehe ich nicht."

Paul Bunke lachte:

„Sie werden es sofort verstehen. Hier habe ich zwanzig Schachteln Fischköder. Es sind gewöhnliche Semmelbrösel, mit Schweizerkäse gemischt. Wenn ich das daraufschreibe, kauft es kein Mensch auch nur für zehn Pfennige. Darum habe ich ihn Bunkes verbesserten Geheimköder ‚Anglerneid' genannt. Jetzt kostet die Schachtel drei Mark."

„Für drei Mark kauft keiner den Köder!"

„Was das Auge sieht, glaubt das Herz!" schmunzelte Paul Bunke. „Jetzt setze ich mich nämlich mit den Fischen, die ich bei Ihnen gekauft habe, ans Ufer und angle. Fische locken Leute. Und allen erzähle ich, daß ich die großen Fische mit dem Geheimköder fing. Sie werden sehen, wie die Leute das Zeug kaufen! — Was bin ich für die Fische schuldig?"

Der Fischhändler sagte:

„Zweiundzwanzig Mark, Herr Bunke."

*

Paul Bunke saß an der Leim und angelte. Es war ein gutes Fischwasser mit schnellen, welligen Strömungen und ruhigeren, tieferen Tümpeln. Neben sich hatte Paul Bunke den dicken Hecht ausgebreitet, den achtpfündigen Karpfen, den fetten Aal, die Riesenforelle und die Lachse. Viele Leute hatten sich eingefunden, Angler auf der Heimkehr von der fröhlichen Wasserweid standen hinter Bunke und schauten neiderfüllt auf die gute Beute.

Einer von ihnen trat zu Bunke und fragte:

„Was machen Sie da?"

„Ich angle."

„Mit Erfolg?"

„Wie Sie sehen!"

„Das haben Sie alles hier herausgeangelt?"

„Freilich. Freilich."

Der Fremde drehte sich zu den Zurückstehenden.

„Das hat er alles hier herausgezogen! Was sagt ihr dazu?"

„Unglaublich!"

Paul Bunke sah seine Stunde kommen.

„Das macht nur mein Köder", begann er vorsichtig.

„Womit ködern Sie?"

„Mit Bunkes verbessertem Geheimköder ‚Anglerneid'."

„Und damit haben Sie den mächtigen Hecht hier herausgezogen?"

„Den Hecht und den Karpfen, den Aal und die Lachse!"

„In welcher Zeit?"

„In knapp zwei Stunden", log Bunke. „Auf ‚Anglerneid' beißt jeder Fisch. An Fischen hast du niemals Mangel — hast Bunkes Köder du am Angel! Leider aber ist das Zeug sündteuer. Drei Mark kostet eine kleine Schachtel. Aber es lohnt sich. Drei Mark der Köder und für dreißig Mark Fische! Wenn ich Ihnen als Weidgenosse gefällig sein darf — ich habe noch ein paar Schachteln da, ich lasse sie Ihnen gern ab."

Der Fremde schien anzubeißen.

Aber er vergewisserte sich zuvor nochmals:

„Diese Fische haben Sie hier alle herausgezogen?"

„Gewiß. Ich sagte es Ihnen doch vor Zeugen!"

Jetzt war der Fremde entschlossen.

„Also gut — dann nehme ich sie."

„Eine Schachtel? — Zwei Schachteln? Drei Schachteln?"

„Was für Schachteln?"

„Bunkes verbesserten Geheimköder ‚Anglerneid'!"

Der Fremde fuhr auf:

„Was geht mich Ihr Köder an? Die Fische nehme ich!"

„Ich verkaufe doch keine Fische!" rief Bunke empört.

Der Fremde lachte:

„Wer spricht vom Verkaufen? Ich nehme die Fische ohne Bezahlung. Denn nachdem Sie mir wiederholt vor Zeugen erklärt haben, daß Sie sie hier herausgeangelt haben, gehören sie mir."

„Ihnen?"

„Ja. Ich bin nämlich der alleinige Pächter dieses Fischwassers."

Ein angenehmer Zeitgenosse

Ein alter Schulfreund hatte sich bei uns zu Besuch angesagt. Wir hatten uns seit unserer Schulzeit nicht mehr gesehen, und dies war jetzt ungefähr zwanzig Jahre her. Meine Frau freute sich, einen Menschen kennenzulernen, mit dem ich meine Kindheit geteilt hatte. Sie holte das Beste aus Küche und Keller, schmückte den Tisch mit Kerzen und Blumen – da läutete es. Es war mein Schulfreund.

Ich führte ihn ins Zimmer.

„Darf ich dich meiner Frau vorstellen?" sagte ich.

„Angenehm!" sagte er, ohne sie anzusehen.

Ich fragte:

„Und du? Du bist noch nicht verheiratet?"

„Das hätte mir noch gefehlt! Ich halte mir dafür ein Auto."

„Ein Auto ersetzt doch noch lange keine Frau?"

Er machte eine wegwischende Handbewegung, als ob meine dumme Frage keiner Beantwortung wert sei. Dennoch sagte er:

„Sprich doch keinen Unsinn! Ein Auto ist billiger und macht viel mehr Freude als eine Ehefrau. Und wenn das Auto alt und schäbig geworden ist, kann man es verkaufen und sich ein neues anschaffen. Kann man das mit einer Frau?"

Ich sah meine Frau an und bat sie stumm um Verzeihung.

Wir setzten uns zu Tisch.

„Nehmen Sie Eier?" fragte meine Frau.

„Sind sie frisch?"

„Ganz frisch."

„Hühner legen aber in dieser Jahreszeit keine Eier, gnädige Frau! Das sollten Sie eigentlich als gute Hausfrau wissen! Haben Sie zufällig hausgemachten Heringssalat da?"

„Leider nein."

Mein Schulfreund nickte befriedigt, als hätte er die Antwort erwartet. Er schlug mit der Hand auf den Tisch.

„Hier wie überall! Nirgends kriegt man Heringssalat. Weil das ein wenig mehr Arbeit macht und sich die Damen die lackierten Fingerchen schmutzig machen könnten! Als ob es keine Seife auf der Welt gäbe! Na, macht nichts. Essen wir halt, was da ist und der Hausfrau keine Mühe gemacht hat."

Er häufte sich seinen Teller voll.

Kauend knurrte er:

„Siehst eigentlich nicht gut aus, alter Junge! So eingefallen im Gesicht, so viel Falten um die Augen, die Haare lassen auch nach. Du bist viel mehr gealtert als ich. Kommt alles von der blöden Heiraterei!"

Meine Frau erhob sich.

„Die Herren entschuldigen bitte –"

„Aber –"

Schon war sie aus dem Zimmer.

„Was soll denn das heißen?" fuhr mein Schulfreund auf.

„Sie wird in der Küche etwas richten müssen."

„Eine wirkliche Dame erhebt sich nicht vom Tisch."

„Entschuldige sie bitte", sagte ich.

Er sah zur Tür.

„Darf ich dir etwas sagen?“ begann er.

„Bitte.“

„Deine Frau gefällt mir nicht.“

Als ich wenige Wochen später zehn Mark Geldstrafe wegen einer Ohrfeige zahlen mußte, die ich – wie sich das Gericht ausdrückte – ohne jede Veranlassung einem alten Schulfreund verabreicht hatte, schenkte ich weitere zehn Mark einem Bettler auf der Straße. Ich fand, zehn Mark nur wäre zu billig gewesen für ein wirkliches Vergnügen und für die Erfüllung eines großen Bedürfnisses.

Ich saß in der Eisenbahn und hatte Schnupfen.

„Hatschi! Hatschi!" machte ich in einem fort.

Es klang wie Posaunenstöße.

Ich konnte nichts dafür. Es kam aus mir.

Die Mitreisenden schauten zunächst beleidigt. Es geht nicht an, in einem öffentlichen Verkehrsmittel so laut zu niesen. Ja, wenn ich mir einen Sonderzug bestellt hätte! Aber so? Unter allen Leuten, die für ihren Platz genau so viel bezahlt hatten wie ich? Wo kämen wir denn hin, wenn jeder so laut seiner Leidenschaft frönen möchte? Diese Gedanken sah man den Umsitzenden deutlich am Gesicht an. Ich fühlte mich von dieser Feindschaft förmlich eingekreist. Mein Glück war nur, daß keiner keinen kannte und jeder jedem mißtraute. Sonst wäre man über mich hergefallen und hätte mich bestimmt zerfleischt. Nun, mir waren diese frommen Wünsche ziemlich gleichgültig, ich war mit meinem Schnupfen so beschäftigt, daß mir zu anderen Dingen keine Zeit blieb. Ich mußte niesen und ich nieste.

Als ich aber eine Viertelstunde ununterbrochen so fortgeniest hatte, begann die Feindseligkeit gegen mich in eine allgemeine Heiterkeit umzuschlagen. Es kam daher, daß ein Herr, der mir gegenübersaß, mir mehr empört als freundlich „Prost!" zurief, so, als wollte er damit sagen: „Nun ist es aber genug! Schluß damit!" Ich tat ihm nicht den Gefallen und nieste weiter. Er wiederholte sein energisches, kurzes, sachliches „Prost!", ich winkte verzweifelt ab, und jetzt begannen plötzlich alle, mir nach jedem Hatschi ein fröhliches Prost zuzurufen. Einmal ich und einmal sie. Es wurde ein herrlicher Chor und ich war der Vorsänger. Einer der Mitreisenden wollte sich besonders hervortun.

Er klopfte mir vergnügt auf das Knie und sagte:

„Wenn Sie bis zehn wieder niesen, kriegen Sie eine Mark!"

„Das Mittel nützt nur beim Schluckauf!" stöhnte ich.

Er wiederholte die Worte nicht. Ich hatte wieder dreimal geniest.

Jetzt aber hatte jeder ein Mittel an der Hand.

„So etwas kenne ich!" rief P., „da hilft nur eines — sofort ins Bett gehen!"

„Mein Bett steht in München und wir sind im Eger=land!"

„Das beste ist Kognak!" riet T., „Sliwowitz hilft auch, aber Kognak ist besser. Haben Sie Kognak bei sich?"

„Nein!" stöhnte ich.

Die alte Dame neben mir holte ein Bonbon aus ihrem Pompadour.

„Lutschen Sie das Bonbon", sagte sie, „der Schnup=fen ist wie weggeblasen!"

Sie steckte mir ein Bonbon in den Mund.

Jedoch es blieb nicht.

Beim nächsten Niesen flog es dem freundlichen Herrn gegenüber ins Gesicht.

„Es macht nichts", sagte dieser, bevor ich mich noch entschuldigen konnte, „es hätte auch nichts geholfen — es gibt nur ein Mittel gegen Schnupfen: ziehen Sie nasse Strümpfe an!"

„Das nenne ich kühn behauptet und dumm daher-geschwätzt!" mengte sich da ein Herr ins Gespräch, der bisher vornehm geschwiegen hatte. „Von nassen Füßen bekommt man ja gerade Schnupfen! Es gibt nur eines: pressen Sie mit beiden Zeigefingern fest die Nasenflügel zusammen. Das hilft sofort."

Ich tat, wie mir geraten.

Jetzt nieste ich nicht nur, jetzt donnerte es aus allen Öffnungen. Der vornehme Herr schüttelte mißbilligend den Kopf.

„Halten Sie die Luft an!"

„Im Gegenteil! Atmen Sie heftig und tief!"

Das ganze Abteil war ein Herz und eine Seele.

Jeder gab mir einen anderen Rat.

Jeder wußte ein anderes Mittel gegen Schnupfen.

Nur einer saß schweigend im Abteil und tat, als ob ihn das alles gar nichts anginge. Das fiel mir auf. In meiner Not wandte ich mich an ihn und sagte:

„Alle wissen ein Mittel gegen Schnupfen – warum raten Sie mir zu nichts?"

Da lächelte der Herr leise und sagte:

„Ich bin Arzt."

Pauline briet zwei Tauben. Denn Paul aß Täubchen für sein Leben gern und Pauline nicht minder. Und als Paul zum Essen heimkam, legte ihm Pauline das knusprigste Täubchen auf den Teller, holte die Kartoffeln aus der Küche und die Soße und das Gemüse und den Salat und das Kompott und legte alles Paul als gute Hausfrau auf den Teller rechts und links. Paul aß und spachtelte und knabberte und kiefelte inzwischen an seinem Täubchen herum, und als jetzt endlich auch Pauline dazukam, sich an den Tisch zu setzen und sich ihre Taube auf den Teller zu legen, da war Paul gerade mit seiner eigenen Taube zu Ende. Nachdenklich starrte er auf Paulines Teller und auf das noch runde Täubchen.

„Eigentlich –“, begann er dann.

„Nun?“

„Eigentlich solltest du das nicht, Pauline.“

„Was denn?“

„Eigentlich ist das eine Sünde!“

„Ja, was denn, Paul?“

„Eigentlich wollte ich es dir aber erst nach dem Essen sagen –“

„Was wolltest du mir denn sagen, Paul? So sprich doch!“

Paul knuckste hin und her.

„Ich war heute vormittag beim Metempsychologen“, sagte er dann.

„Bei wem?“

„Beim Metempsychologen, Pauline.“

„Wer ist denn das?"

„Den kennst du sowieso nicht, Pauline! Ich habe ihn zuvor auch nicht gekannt, aber ich wollte mich gern beraten lassen. Und da bin ich zu einem Metempsychologen gegangen. Der hat mir erzählt, daß der Mensch, wenn er stirbt, in ein Tier verwandelt wird, was zu seinem Charakter paßt. Und vorher, ehe der Mensch geboren wird, war er auch schon als Tier auf der Welt, und als Mensch hat er dann denselben Charakter wie das Tier, das er zuvor war. Und das Tier soll ihm darum heilig sein. Verstehst du das?"

„Nicht ganz."

„Das ist doch ganz einfach, Pauline! Wer beispielsweise früher eine Biene war, der wird auch ein fleißiger Mensch, und nach dem Tode wird er wieder eine Biene. Aber ein Schwein kann kein Bademeister werden. Um aber ein anderes Beispiel zu nennen: da gibt es Männer, die rasieren sich nicht gerne, die können nichts dafür. Die waren früher ein Igel. Und nun wird doch ein Mensch, der weiß, daß er ein Igel oder eine Biene war, keinen Igel töten und auch keine Biene. Da ist ihm eben der Igel und die Biene heilig."

Pauline hatte Gabel und Messer weggelegt.

„Und das hat dir der Mann alles gesagt?"

„Noch viel mehr! Dem habe ich dich beschrieben, wie sanft du bist und wie zärtlich und wie treu und gutmütig – und da hat er gesagt, du wärst sicher früher eine Taube gewesen und du würdest auch wieder eine Taube."

„Hat er das gesagt?"

„Ja. Das hat er gesagt", nickte Paul, und schon hatte

er mit kühnem Schwung Paulines Täubchen auf seinen Teller befördert, um es sogleich zu verspachteln, während er weiter brummte: „Da wäre es doch direkt eine Sünde, wenn du dieses Tier äßest, das dir heilig sein muß!"

„Aber –"

„Kein Aber, Pauline, es gibt mehr Dinge zwischen Himmel und Erde, als sich deine Küchenweisheit träumen läßt!"

Pauline waren die Tränen nahe.

„Aber du – du – du darfst meine Taube essen!" stieß sie hervor.

Paul nickte zufrieden:

„Ich schon. Ich war früher ein Stier."

*

Wie gut ist die Welt eingerichtet, daß auf jeden Tag ein zweiter folgt. Und wenn einem an einem Tag die Vögel zwitschern, dann krächzen am nächsten Tag die Raben. Pauline kochte am nächsten Tag Rinderbraten, denn sie wußte, daß Paul nichts weniger mochte als einen Rinderbraten. So dünstete sie ihn mit allerhand Wurzelwerk, das Paul nicht ausstehen konnte, und als Paul zum Mittagessen heimkam, tischte sie ihm einen großen Rinderbraten auf.

Paul guckte einmal, Paul guckte zweimal.

„Nanu?" brummte er dann, „Rinderbraten?"

„Ja, Rinderbraten."

„Aber weißt du denn nicht mehr, was ich dir gestern erzählt habe?"

„Was denn, Paul?"

„Daß der Metempsychologe sagte, ich wäre früher ein Stier gewesen und würde wieder einer! Mir ist mein Tier heilig! Glaubst du, ich äße noch einmal im Leben Rinderbraten?"

Da lächelte Pauline und sagte:

„Rinderbraten kannst du ruhig essen, Paul. Ich war nämlich auch heute beim Metempsyochologen und ich habe dich auch beschrieben. Da hat er gesagt, er hätte sich geirrt, du könntest ruhig Rinderbraten essen, du wärst nämlich gar kein Stier —"

„Sondern?"

„Ein Hammel!"

Angst um Annabella

Oswin wollte Annabella heiraten. Das war nicht nur so. Das war ein großes Glück für Oswin. Das war wie ein Ziegel, der einem vom Dach auf den Kopf fällt. Und wie höchst selten fällt einem schon ein Ziegel auf den Kopf? Noch seltener aber findet einer, und noch dazu einer wie Oswin, so eine, und noch dazu eine wie Annabella, als Braut. Soll ich euch zuerst von Oswin erzählen? Oswin sieht genau so aus wie du, lieber Leser! Über Oswin ist somit alles gesagt. Aber über Annabella könnte ich stundenlang erzählen: Annabella ist schön wie der junge Tag, Annabella ist blond wie frischgesponnener Flachs, Annabella hat eine Figur wie die Venus von Milo, nur mit Kopf und Armen. Und dann noch eines: Annabella ist die Tochter eines schwerreichen Bindfadenfabrikanten, der über drei Millionen Bindfaden allein im Lager hat. Und das ist nicht zu verachten. Oswin verachtet es auch nicht. Im Gegenteil, er legt größeren Wert auf den Vater als auf die Tochter. So einer ist nämlich Oswin, er heiratet in das Vermögen und die schöne Tochter kriegt er umsonst zu. Fürwahr, ein Glückspilz, ein Glücksschwammerl!

Am nächsten Morgen sollte die Hochzeit sein. Oswin hatte schon den Frack zurechtgelegt, Oswin hatte schon das Hemd bereitgelegt, Oswin hatte schon — nein, das hatte er noch nicht, er saß gerade in der Badewanne. Da klingelte das Telefon.

„Hallo! Oswin! Bist du es?"

„Ja."

„Am Apparat?"

„In der Badewanne und am Apparat! Was gibt es?"

„Hier ist Hugo – ich höre, du willst morgen heiraten?"

„Stimmt."

„Die Bindfadenmillionärstochter?"

„Ja."

„Mit den Millionen ist es Essig!"

Oswin, der am Badewannenrand kauerte, rutschte vor Schreck in die Wanne zurück.

„Wieso? Warum? Weswegen?"

„Nichts Gewisses weiß man nicht", antwortete Hugo, „hingegen soll etwas in der Luft liegen – Wechselgeschichten und überhaupt Geschichten – ich wollte dich nur warnen."

So schnell hatte Oswin noch nie ins Telefon gesprochen wie jetzt:

„Hugo, um Gottes willen, bleib am Telefon! Sag, Hugo, was du noch weißt! Das wäre ja furchtbar, Hugo! Wieviel bleibt denn noch?"

„Nicht ein roter Pfennig."

„Und die Mitgift?"

„Die ist auch dahin. Das heißt, ich weiß noch nichts Genaues. Ich erfahre es erst heute nacht. Vielleicht ist alles nur leeres Stroh, das von Flegeln gedroschen wird. Am besten, du rufst mich morgen früh an. Aber pünktlich früh fünf Uhr. Ich fahre mit dem Sechsuhrzug nach Freiburg. Wenn du anrufst, kann ich dir alles genau erzählen."

„Um fünf Uhr?"

„Pünktlich, Oswin – sonst bin ich über alle Berge!"

„Du kannst dich darauf verlassen. Mit der Mitgift, Hugo, habe ich nämlich gerechnet. Übrigens, Hugo —"

Hugo aber hatte schon abgehängt.

Am nächsten Morgen, früh fünf Uhr, auf die Minute genau, ging Oswin zum Telefon.

„Hallo! Hugo! Hier ist Oswin!"

„Wer?"

„Oswin!"

„Ach richtig — Oswin!" antwortete Hugo verschlafen, „vielen Dank, daß du anrufst! Gut geschlafen, Oswin?"

„Kein Auge habe ich zugemacht!" jammerte Oswin, „es war eine furchtbare Nacht. Immer mußte ich an Annabella denken. Ich habe schon alles erwogen, was werden soll. Was ist also mit dem Vater und den Millionen?"

„Was soll denn damit sein?"

„Du hast mir doch gestern von Wechselgeschichten erzählt?"

Hugo lachte laut:

„Da ist kein wahres Wort daran, alter Junge! Man hatte mir auch nichts erzählt. Das habe ich alles erfunden, damit du mich heute früh pünktlich weckst. Ich muß nämlich den Frühzug nach Freiburg erreichen und mein Wecker ging gestern abend entzwei."

Wenn ein Hausmädchen seiner Wege geht, sucht die Hausfrau ein neues Mädchen. Das tat auch Frau Direktor Mathilde Schippendehl und zeigte unter Kleinen Anzeigen an, daß sich ein Mädchen melden möchte. Es währte nicht lange, da läutete es an der Flurtür.

„Sie suchen ein Hausmädchen?"

„Ja."

„Ich komme wegen der Stelle."

Das Mädchen trat ein. Es war eine erfreuliche Erscheinung. Frau Direktor Mathilde Schippendehl nickte zufrieden.

„Sie kommen hier in ein hochherrschaftliches Haus, liebes Kind", begann sie sogleich in den höchsten Tönen, „Sie dürfen mit uns eine fürstliche Villa von vierzehn Zimmern, acht Kabinetten und einem Wintergarten bewohnen. Wir haben auch ein Auto, das Sie sich anschauen dürfen und das Ihnen das stolze Bewußtsein verschaffen wird, bei wirklich vornehmen Leuten bedienstet zu sein. Denn der Stand der Herrschaft ist die Ehre des Bediensteten. Das Trutzvolk wird nach dem Ritter gewertet, dem es dient."

Von hundert Mädchen wären neunundneunzig und ein halbes davongelaufen. Die Neue aber blieb und sagte bescheiden:

„Zu viel der Ehre, gnädige Frau, zu viel der Ehre!"

„Sagen Sie schlicht und einfach Frau Direktor zu mir", verbesserte Mathilde Schippendehl, „mein Mann hat zwar noch verschiedene Titel und Ehrennamen, aber ich bin keine Freundin von Pomp — sagen Sie also nur schlicht Frau Direktor."

„Wie Sie wünschen, Frau Direktor."

Mathilde Schippendehl fuhr selbstgefällig fort:

„Ich muß Ihnen wohl nicht erst sagen, daß alle vierzehn Zimmer, alle acht Kabinette, der Wintergarten und die Garage täglich gründlich zu machen sind, denn in einem herrschaftlichen Hause muß alles blitztipptopp sein. Daneben sind die dreiundachtzig Palmen im Wintergarten halbstündlich mit lauwarmem Wasser abzuspritzen, und jede zweite Stunde geben Sie dem Goldfisch ein abgebrühtes Ameisenei. Selbstverständlich sind die vierzehn Zimmer, die acht Kabinette, der Wintergarten und die Garage täglich zu heizen. Wie es bei wirklich feinen Leuten üblich ist, benutzen wir keine vulgäre Zentralheizung, sondern haben originalfranzösische Holzkamine und echtenglische Kachelöfen. Die Wäsche waschen wir im Haus. Es ist nicht gefährlich. Ich wechsele das Hemd täglich höchstens viermal, mein Mann gar nur zweimal. Das Bett braucht auch nur täglich einmal überzogen zu werden, und während einer Mahlzeit wird bei uns das Tischtuch nicht gewechselt. Sie sehen also, wir nehmen Rücksicht. Dafür erwarten wir aber Wunderdinge von Ihrer Kochkunst. Wir essen nicht viel, mittags nur vier und abends nur acht Gänge, aber das muß dafür köstlich gekocht sein."

„Ich freue mich auf diesen Posten", meinte das Mädchen.

„Auf eine Eigenart des Hauses muß ich Sie noch aufmerksam machen", fuhr Mathilde Schippendehl fort, „wir haben die Mutter meines Mannes und die Mutter meiner Mutter im Haus. Die beiden alten Damen haben leider den einen kleinen Fehler, daß sie einander spinnefeind sind. Man darf sie also nicht allein in einem Zimmer lassen und muß alle Messer und Scheren unter Verschluß halten. Sonst haben sie nur noch die Eigenart, ununterbrochen die Möbel umzustellen. Die Mutter meines Mannes will nämlich, daß alles gerade in einer Reihe steht, und die Mutter meiner Mutter bevorzugt die schiefe Aufstellung. Und nun zerren und ziehen sie den ganzen Tag an den Schränken und Kästen herum, bald aber verlassen sie die Kräfte und sie lassen alles stehen und liegen. Ihre Sache ist es dann, alles wieder auf seinen Platz zu schieben. Eine weitere Sonderheit der Mutter meines Mannes muß Sie nicht bekümmern. Sie pflegt alle Möbelstücke mit selbstgehäkelten Möbelschonern zu beziehen. Die Mutter meiner Mutter aber geht ihr von Zimmer zu Zimmer nach und zieht die Möbelschoner wieder herunter. Es genügt, wenn Sie jede Stunde einmal durch alle Zimmer gehen und die Möbelschoner aufsammeln."

„Es wird mir eine Wonne sein, Frau Direktor."

Mathilde Schippendehl sah das Mädchen zufrieden an.

„Auf eines muß ich Sie noch aufmerksam machen, liebes Kind: wir sind im Platz sehr beschränkt. Mein Mann ist nämlich Sammler. In einem Zimmer hebt er die Bierfilze aller Gaststätten Europas auf, in einem Zimmer sammelt er Dienstmannmützenmarken, ein Zimmer ist für wohlriechende Baumharze eingerichtet und ein Zimmer ist der Sammlung von Schneckenhäusern vorbehalten.

Ich selbst brauche natürlich auch meine Flucht, denn dort, wo ich mich ausziehe, kann ich mich natürlich nicht waschen, und dort, wo ich mich wasche, kann ich mich selbstverständlich nicht ankleiden, und wo ich mich ankleide, kann ich keinesfalls zur Nacht ruhen. Ich habe daher für Sie hinter dem Besenschrank im Gang eine Matratze aufgestellt, die Sie dann jeden Morgen auf den Boden tragen müssen."

„Das macht mir gar nichts aus, Frau Direktor."

„Und wie steht es mit dem Ausgang?"

„Ich lege keinen Wert darauf."

„Sagen wir alle vierzehn Tage einen halben Tag?"

„Alle vier Wochen ein Stündchen genügt vollauf, gnädige Frau."

Frau Schippendehl strich sich wohlgefällig über den Bauch. Man sah ihr an, das Mädchen gefiel ihr.

„Dann wären wir uns also einig. Bleibt nur noch die Lohnfrage zu besprechen. Wieviel haben Sie erwartet?"

„Vielleicht dreißig Mark im Monat. Wenn es Ihnen aber zu viel sein sollte –"

„Nein – so bin ich nicht – dreißig Mark im Monat – das ist gerecht."

Es war zu viel für Mathilde Schippendehl. Sie konnte sich vor Freude über den guten Fang nicht mehr halten. Sie begann über alle vier Backen zu strahlen. Ihr Busen wogte vor Vergnügen hin und her. Ihr Gesicht ging auseinander wie Hefe.

„Sie sind ja eine Perle! Eine wirkliche Perle sind Sie! Ich verstehe nur eines nicht: Wie konnte Ihre frühere Frau Sie ziehen lassen?"

„Ach — nur eine Kleinigkeit, Frau Direktor."

„Nun?"

„Wirklich nur eine Kleinigkeit, gnädige Frau."

„So sprechen Sie doch! Was war es denn?"

Da öffnete das Mädchen ihre große Handtasche, nestelte die schottische Fahne hervor, entfaltete sie, hob sie hoch in die Luft und marschierte damit im Zimmer auf und ab.

„Die Dame wollte mir nicht glauben", rief sie dabei, „daß ich die Königin Maria Stuart bin."

Oben im Himmel sitzen unsere Freunde, die schon gestorben sind. Sie sprechen von uns, sie denken an unsere gemeinsamen Dummheiten zurück, sie nennen uns Hupsi, wie sie auf Erden zu uns sagten, und nicht Johannes Müller oder Richard Löwenherz, wie wir hier unten bürgerlich heißen. Und wenn wir eines Tages gestorben sind oder oben ankommen, herrscht große Freude und ein mächtiges Hallo. So war es auch bei Hugo.

Hugo war soeben durch die Himmelstür eingetreten.

„Nanu, Hugo? Wo kommst du denn her, Hugo?"

„Da seid ihr ja, ihr Brüder!" rief Hugo erfreut.

„Wie kommst du denn so plötzlich zu uns?"

Hugo winkte ab.

„Eine dumme Geschichte!" sagte er. „Ich sitze heute nachmittag daheim bei meiner Frau, ein Wort gab das andere, ich lasse sie sitzen, nehme meinen Hut und gehe spazieren. Mein Weg führt mich am Zoo vorbei. Denke ich, schaust dir wieder einmal die Tiere an, die haben auch nichts vom Leben und freuen sich, wenn sie wieder einmal ein nettes Gesicht zu sehen kriegen. Der Zoo ist unter allem Hund besucht, kaum daß ein paar Kinder vor dem Affenkäfig stehen. Das Raubtier=haus ist überhaupt ganz leer. Ich bummle so an den Käfigen vorbei, sehe mir die Löwen an, die Tiger, die Leoparden, die Panther und Pumas, plötzlich komme ich doch zu einem Käfig, der verhangen ist. ‚Persischer Königstiger' steht darunter und mit besonders auf=fälliger Schrift: ‚Aus unserem diesjährigen Wildkatzen=

fang, eingefangen am 22. Januar auf Borneo.' Das interessiert doch, nicht wahr? Ein frisch gefangener Königstiger! Dafür zahlt man doch den teuren Eintritt, ist es nicht so? Und den Tiger wollen sie mir nun nicht zeigen, den Tiger verhängen sie mit einer großen braunen Plache! Ich sehe mich also um, ob kein Mensch zu sehen ist, es ist auch kein Mensch zu sehen, ich schiebe mich näher, bücke mich, und schon bin ich unter der Stange weggekrochen und bin ganz dicht am Käfig. Jetzt lüfte ich den Vorhang. Ich sehe nichts. Ich hebe den Vorhang höher, ich sehe immer noch nichts. Stockdunkel, zappenduster ist es dahinter. Aha! denke ich, der Tiger ist ihnen vielleicht gestorben, und jetzt genieren sie sich und wollen es nicht zugeben, daß das ganze Geld für die Katz ausgegeben ist, und da haben sie einfach ein Tuch darübergehängt. Denke ich, schaust einmal hinein, steckst den Kopf ein wenig durch die Stäbe, es wäre doch gelacht, wenn ich nicht dahinter käme! Ich tue es, doch –"

Hugo ließ die Stimme sinken.

Die Freunde drängten:

„Und, Hugo? Und?"

Hugo zuckte die Schultern:

„Wieso und? Da bin ich."

Es war ein Sauwetter. Der Himmel hatte alle Schleusen geöffnet. Es goß in Strömen. Der Wind peitschte durch die Straßen. Es war ein Wetter, bei dem man keinen Hund auf die Gasse jagt.

Trotzdem saß Hugo vor seinem Hause.

Er saß im Regen.

Er starrte traurig in die trostlose Welt.

Und stöhnte und seufzte bitterlich.

Da kam Johannes des Weges daher.

Er sah Hugo im Regen sitzen.

„Nanu, Hugo?"

„Ach, Johannes!"

„Warum sitzt du hier draußen?"

„Frag mich nicht!"

„Warum gehst du nicht ins Haus?"

„Ich kann nicht."

„Warum nicht?"

„In meinem Zimmer raucht der Kamin."

„Der Kamin?"

„Ja", stöhnte Hugo.

„Stark?"

„Schrecklich stark! Man kann es drinnen nicht aushalten!"

„Aber du kannst doch hier nicht –"

Johannes ist ein gefälliger Knopf.

Er klopft Hugo auf die schiefe Schulter.

„Nur Geduld, Hugo!"

„Was denn?"

„Ich werde mir die Geschichte einmal ansehen."

„Den Kamin?"

„Ja."

„Er raucht furchtbar, Johannes!"

„Laß nur! Ich verstehe mich darauf."

Johannes trat ins Haus.

Er öffnete vorsichtig die Tür.

Kaum aber steckte er den Kopf ins Zimmer —

„Kommst du endlich wieder?" keifte eine Frauen=stimme, „wo warst du denn so lange? Entwischt warste, Hugo, weil du Butter am Kopf hast, was? Also wie ist das jetzt mit den fünf Mark? Haste die gestern beim Kegeln verloren, ja oder nein? Dazu haste Geld, aber wenn ich was brauche, da fehlt's hinten und vorne! Jeden Tag bereue ich, dich zum Mann zu haben! Wenn das meine selige Mutter wüßte, was ich für einen Schlappjeh zum Manne habe! Aber jetzt hat's bei mir geklingelt, Hugo, jetzt hat's abgeläutet, jetzt pfeift's aus einem anderen Loch! Und da pfeift es heftig, worauf du dich verlassen kannst!"

Johannes schloß schweigend die Tür.

Langsam schritt er zur Hausbank zurück.

Dann trat er zu Hugo.

„Armer Freund!" sagte er, „ich habe zwar daheim auch einen Kamin, der raucht —, aber beileibe nicht so stark, beileibe nicht so stark!"

Vries Andergest nahm heute schneller, als er gewohnt und es in den Hotels an den kleinen Gebirgsseen üblich war, sein Frühstück. Ein leiser, warmer Regen fiel auf die Terrasse, der See hatte einen hellgrünen Schimmer, gerade das richtige Wetter für einen leidenschaftlichen Angler. Schon wollte sich Vries Andergest erheben und mit einer leichten Verbeugung an den anderen Hotelgästen vorüberschreiten, als eine junge Dame auf ihn zutrat.

„Wollen Sie mich nicht mitnehmen, Herr Andergest?"

„Mitnehmen? Wohin?"

„Auf den See. Ich habe mein Angelzeug schon bereit."

„Mit Vergnügen."

Man sah Andergest keineswegs das Vergnügen an, das ihm die Begleitung der jungen Dame versprach. Er erinnerte sich nur, daß sie Erika hieß und daß er gestern abend einige Tänze mit ihr getanzt hatte. Wohl mehr aus Zufall, da sie unweit von seinem Tisch mit ihren Eltern Platz genommen hatte. Aber auch dann, wenn Erika ihm die Erfüllung einer Sehnsucht bedeutet hätte, liebte Andergest keineswegs eine Frau im Boot, während er angelte. Trotzdem erklärte er mit einem höflichen Lächeln:

„Mit Vergnügen. Kommen Sie! Gehen wir."

Zwei Stunden schon saßen sie im schmalen Boot. Die Angelruten hingen traurig in der Windstille, und auch zwischen den beiden Menschen hatte ein Schweigen Platz gegriffen, das so eng verwandt ist mit der Einsamkeit des Wassers an stillen Stellen.

Vries Andergest brach endlich das Schweigen.

„Sie lieben die Fischweid?" fragte er.

„Nein."

„Nein?"

„Ich finde Angeln entsetzlich!"

„Aber –"

Erika bog sich lachend zurück.

„Warum sehen Sie mich so erstaunt an, Andergest? Glauben Sie wirklich, ich bin mit Ihnen auf den See gefahren, um zu angeln?"

„Natürlich glaube ich das."

Erika strich sich eine Haarsträhne aus der Stirn.

„Sie sind ein wundervoller Mensch, Andergest", sagte sie, „Sie gefallen mir ausgezeichnet. Von Angeln mögen Sie etwas verstehen, aber von Frauen und jungen Mädchen verstehen Sie nichts."

Andergest schwieg.

Verärgert zog er die Schnur aus dem Wasser und warf sie in einem weiten Bogen wieder in den See.

„Und Sie glauben", sagte er dann spöttisch, „Sie glauben, daß ich jetzt – nach Ihrer liebenswürdigen Einladung – nach Ihrer deutlichen Aufforderung –"

„Ich glaube es nicht. Aber Mama glaubt es."

„Ihre Mutter?"

„Ja. Mama möchte mich gern verheiraten. Deswegen sind wir diesen Sommer hierher gefahren. Da erschienen Sie auf der Bildfläche. Sie gefielen Mama sofort. Außerordentlich sogar. Sie sind reich, wir sind arm. Ist es da nicht selbstverständlich, daß mir Mama sofort ein Angelzeug kaufte und mir befahl, mit Ihnen angeln zu gehen?"

Andergest sah erstaunt auf Erika.

„Ich bewundere Ihre Offenheit."

„Sie brauchen sie nicht zu bewundern."

„Nein."

„Wenn ich mit Mamas Plan einig gewesen wäre, hätte ich bestimmt geschwiegen."

„Ich gefalle Ihnen also nicht?"

„Sie gefallen mir sogar sehr gut", sagte Erika, „schon von der ersten Stunde an, wo ich Sie sah. Nur glaube ich nicht daran, daß man heutzutage ein junges Mädchen heiratet, nur weil man einmal mit ihm angeln war. Die Ansichten von Mama sind veraltet. Trotzdem hat sie alle Vorbereitungen für ihren Plan getroffen. Sehen Sie dort drüben den Hügel? Dort sitzt Mama hinter einem Baum und beobachtet uns. Sehen Sie dort im Schilf die kleine Hütte? Dort wartet jetzt Papa. Und wenn alles nichts nützt, soll ich Punkt zwölf Uhr, wenn die Glocken der Bergkapelle läuten, ins Wasser fallen. Sie werden mich retten, ich werde dabei meine Arme um Sie legen — Papa und Mama nahen im Boot — die ganze Situation — Sie verstehen?"

„Und warum tun Sie es nicht? Warum verraten Sie mir alles?"

Sie lächelte in sich hinein.

„Weil —"

„Nun?"

„Weil ich mein Glück nicht — ich habe es mir anders vorgestellt — ich bin vielleicht noch sehr dumm, ich glaube noch an die Liebe."

Sie hielt den Kopf gesenkt, eine leichte Röte lief über ihre Stirn.

„Schade", sagte Andergest.

„Warum?"

„Vielleicht wäre der Plan doch gelungen."

„Mit einer Lüge? Niemals!"

Andergest legte seinen Arm um sie und zog sie an sich.

„Was tun Sie? Wenn Mama uns sieht!"

Andergest küßte ihren roten Mund.

„Mama soll glauben, daß ihr Plan gelungen ist", sagte er, „ich freue mich, einen ehrlichen Menschen gefunden zu haben. Und wenn du es nicht gerade lächerlich findest, möchte ich dich fragen, ob du meine Frau werden willst –"

Im Hotel wartete die Familie mit Ungeduld auf Erikas Rückkehr. Immer wieder trat die Mutter auf die Terrasse. Endlich tauchte das blaue Kleid Erikas zwischen den Hecken auf. Die Mutter eilte ihr entgegen.

„Wir haben uns so um dich gesorgt, Erika. Wo warst du denn?"

„Auf dem See. Angeln mit Andergest."

„Mit Andergest? War das nicht der Herr, mit dem du gestern tanztest?"

„Ja, Mama."

„Und er hat dich eingeladen?"

„Ich habe mich selbst eingeladen, Mama. Er gefiel mir."

Die Mutter schüttelte entsetzt den Kopf.

„Ihr jungen Mädchen heutzutage! Und wir hatten schon Sorge, daß dir etwas geschehen wäre."

„Es ist auch etwas geschehen, Mama."

„Um Gottes willen! Was?"

„Ich habe mich soeben mit Andergest verlobt."

Die Mutter stand fassungslos.

„Verlobt? Mit Andergest? Aber ihr kennt euch doch erst seit gestern? Wie ist denn das alles so schnell gekommen?"

Erika strahlte:

„Ich habe ihm eine kleine, erfundene Geschichte erzählt, die ihm gut gefallen hat."

Paul und Pauline lebten wie die Turteltäubchen. Geturtelt wurde zwar zwischen ihnen nicht viel, denn was ein rechter Ehemann ist, der vergißt im Laufe der Ehejahre gar zu gern das zärtliche Spiel der Verliebten. Und erinnern wollte ihn Pauline auch nicht gerade daran. Aber sonst liebte Paul seine Frau von gutem Herzen, so wie er sein Haus liebte und seinen Garten. Hatte er nicht Freude daran, wenn die Leute am Zaun stehenblieben und die Schönheit der Blumenbeete und den geraden Wuchs der Obstbäume bewunderten? Warum sollte er nicht die gleiche Genugtuung empfinden, wenn seine Freunde die Erfreulichkeiten Paulines bestaunten? Ja, er gab aus dem Garten gern einen Apfel ab, und Freunden lieh er gern sein Weib zu einem fröhlichen Ausflug oder einem Scherz in den Fasttagen. Eifersucht war ihm ein fremdes Gefühl, so sicher war er seines Besitzes, so unbesorgt sah er den kleinen Liebesspielen zu, die Pauline mit sich treiben ließ, ohne — wie es den Anschein hatte — selbst daran recht beteiligt zu sein.

Das wurde anders, als Haberland in ihr Leben trat. Haberland war auch nicht jünger als Paul, aber er hatte den Schatz der tausend zärtlichen Worte noch nicht vergessen und verschwendete ihn an Pauline. Gern hörte ihm Paul dabei zu, denn es machte ihm Freude, wenn einer Pauline eine Freude bereitete. „Recht so“, pflegte er Haberland zu loben, wenn sie allein waren, „meine Frau hat sowieso wenig vom Leben. Sie glaubt, was du sagst, und dir fällt es nicht schwer.“ Da wagte Haberland eines Abends den Vorschlag, Pauline in einen Film zu führen. „Es wird vielleicht Paul nicht recht sein“, warf Pauline ein. Aber es war Paul recht, Pauline stellte es zu ihrer Verwunderung fest. Aus dem ersten Abend wurde eine Verabredung für die ganze Woche. Konnte Paul noch etwas dagegen haben, wenn sie an heißen Tagen mit Haberland zum Schwimmen ging? Pauline war eine leidenschaftliche Schwimmerin, und Paul stand immer wie eine Glucke besorgt am Ufer, wenn sie einige Meter weiter hinausschwamm. Jetzt, da Paul sich überzeugt hatte, ein wie guter Schwimmer Haberland war, blieb er lieber daheim, werkelte in seinem Garten und trug in Kannen das Wasser zu den Blumen, statt selber darin zu schwimmen. Und während des Urlaubs, als sie zu dritt in die Berge fuhren, saß Paul vergnügt allein unten im Tal und preßte für sein Herbarium das Edelweiß, das Haberland unter Lebensgefahr für Pauline vom Felsen holte, hoch droben, wo die beiden oft eine Nacht ausbleiben mußten und die Zuflucht einer Hütte für die Nacht in Anspruch nahmen, wenn ein Wettersturz den Heimweg vereitelte.

Nein, niemals wäre es Paul eingefallen, auch nur den geringsten Verdacht zu hegen. Wann kommt ein Mann schon von selbst auf diese Gedanken? Er sah nichts, was ihn stutzig machte, und Freunde, die es ihm einsagten, hatte er nicht.

Jedoch, was große Tatsachen oft nicht vermögen, bewirkt ein kleiner Stein des Anstoßes. Man saß daheim zu Tisch, Haberland hatte sich auch eingefunden und Pauls Einladung zu einem Mittagstisch gern ange=

nommen. Es gab Kalbsnierenbraten, eine köstliche Erfüllung für verwöhnte Mäuler. Gerade Paul liebte ihn, und die Niere, die zwischen saftigem Fett eingebettet lag, war seit Jahren ein ihm vorbehaltener Leckerbissen. Paul erschrak daher nicht wenig, als Pauline sich anschickte, die kleine Niere in zwei Teile zu schneiden.

Das war ihm eigentlich außer dem Spaß. Da aber das eine Stück wesentlich größer ausfiel, verschluckte er seinen ersten Schrecken und hob sich die Belehrung bis nach dem Abgang des Gastes auf. Wie aber weiteten sich seine Augen, wie schoß ihm das Blut zu Kopf, wie furchtbar dämmerte ihm plötzlich ein unheimlicher Verdacht, als er sah, wie Pauline das größere Stücklein der kernigen Niere auf Haberlands Teller legte. Nein, das war kein Verdacht mehr, das war ein sicherer, ein eindeutiger Beweis.

„Treulose!" schrie er auf, „ihr betrügt mich!"

„Aber –"

„Ihr liebt euch! Ich weiß es!"

„Paul!"

„Lügt nicht! Hier ist der Beweis!"

Er stach mit der Gabel auf Haberlands Teller in die Niere.

Hoch hob er das Beweisstück.

„Was denken Sie von uns?" rief Haberland heuchlerisch.

„Wirklich nicht?"

„Niemals. Mein Ehrenwort!"

„Ich will es euch glauben. Verzeiht mir, Freunde!"

Beruhigt setzte sich Paul nieder.

Und verzehrte gemütlich die gerettete Niere.

Der Auftrag

Herr Plimm hatte einen Auftrag zu vergeben. Herr Plimm war ein kleiner Macher und machte Pfefferminzbonbons. Sein Umsatz betrug alljährlich etwa zehntausend Pfefferminzbonbons, und als Herr Plimm das erste Hunderttausend erreicht hatte, beschloß er, etwas in Reklame zu stecken, und gab drei akademischen Malern den Auftrag, ihm ein künstlerisches Plakat unverbindlich zu entwerfen. Herr Plimm nannte selbst die nötigen Anleitungen. Das Plakat sollte eine Frau darstellen, schlank, jung, blond, blauäugig, die gerade ein Pfefferminzbonbon in den Mund schob. Darunter wünschte Herr Plimm die Schrift: „Plimms Bonbons sind die besten!" Für den besten Entwurf setzte Plimm fünfzig Mark aus.

Nach drei Tagen brachten die Maler die Entwürfe. Jeder hatte vier Entwürfe gezeichnet, völlig ausgeführt, auf bestem Papier. Jeder begrüßte Herrn Plimm hinten und vorn. Herr Plimm betrachtete die Zeichnungen.

„Nein, das gefällt mir alles nicht!" sagte er dann.

„Wir ändern es gern. Was gefällt Ihnen nicht?"

„Das kann ich Ihnen nicht so genau sagen! Ich bin ja kein akademischer Maler, S i e müssen doch den Blick dafür haben, Sie haben ja auf Maler gelernt!"

„Sie müssen uns nur sagen, wie Sie es wollen, Herr Plimm."

Herr Plimm schüttelte den Kopf:

„Das ist nun absolut nicht meine Pflicht, meine Herren! Ich zahle Ihnen mein teures Geld! Fünfzig Mark für so eine kleine Zeichnung! Als ob Malen eine

Kunst wäre! Sehen Sie sich einmal das Schild da drüben an ‚Rauchen verboten!', das habe ich selbst gemalt. Ist das ein schönes Schild oder ist das kein schönes Schild, meine Herren?"

„Das ist ein schönes Schild, Herr Plimm!"

„Aber Ihr Plakat ist eine Patzerei, meine Herren", fuhr Herr Plimm fort, „alle Worte gleich groß geschrieben! Falsch, ganz falsch ist das! Der Firmenname muß herausfallen, ‚Plimm' muß doppelte Größe haben, dann weiß man, welche Bonbons die besten sind. Habe ich nicht recht, meine Herren?"

„Sie haben recht, Herr Plimm."

„Und nicht nur das – auch ‚Bonbons' muß doppelt so groß geschrieben werden, die Leute müssen ja wissen, was Plimm fabriziert. ‚Plimm' allein sagt gar nichts. ‚Plimms Bonbons' also doppelt so groß! Und die Worte ‚die besten!' müssen noch größer sein! Damit jeder weiß, wie Plimms Bonbons sind. Ist es so oder ist es nicht so, meine Herren?"

„Es ist so, Herr Plimm."

„Alles muß ich Ihnen erst sagen! Und wie sieht die Frau aus? Hinten nichts, vorne nichts, möchten Sie so eine Frau heiraten? Ich nicht! Also noch ein bissel was drauf, meine Herren, schöpfen Sie aus Ihren Erinnerungen! Und im Hintergrund muß eine schöne Landschaft sein, jeder Mensch sieht heute gern eine schöne Landschaft, da kann meine Fabrik drauf sein, im Hintergrund meine Fabrik, Lastautos mit Pfefferminzrollen, der Briefträger, der die Aufträge kaum mehr schleppen kann – und die Frau im Vordergrund steckt nicht nur einen Bonbon in den Mund, nein, sie nimmt und schiebt gleich eine ganze Handvoll in den Mund, so gut schmecken sie ihr — und dann malen Sie vor den Mund ein großes ‚Ah! Wie lecker!' — sehen Sie das ein, meine Herren?"

„Wir sehen alles ein, was Sie sagen, Herr Plimm."

„Und fünfzig Mark gibt es jetzt natürlich auch nicht mehr, nachdem ich Ihnen die halbe Arbeit abgenommen habe, jetzt zahle ich nur noch fünfundzwanzig Mark. Sehen Sie, so schnell verdiene ich fünfundzwanzig Mark! Und warum? Weil ich von allem etwas verstehe. Und jetzt gehen Sie nach Hause und machen mir die Entwürfe noch einmal."

Die drei akademischen Maler sagten zu allem ja und amen. Kunst ist ein schweres Brot und meist trocken dazu. Sie wagten nicht zu widersprechen, sie nickten nur, sie gaben Herrn Plimm in allem recht und erhöhten durch ihre Bescheidenheit Herrn Plimms Selbstbewußtsein. Sie ließen sich von ihm beschimpfen und beflegeln. Sie machten noch zwanzig Entwürfe, sie ließen sich noch dreißigmal nach Hause schicken, am frühen Morgen oder mitten in der Nacht bestellen, immer aufgeblasener wurde Herr Plimm.

Und nie bekamen sie ihren Auftrag.

Da kam ein anderer zufällig dazu. Eine Weile hörte er sich Plimms Getue und Gedonner an. Dann trat er zum Tisch.

„Hören Sie mal, mein Lieber", sagte er, „was Sie da erzählen, ist großer Quatsch! Ich bin ein bekannter Plakatmaler und werde Ihnen jetzt etwas sagen. Den Auftrag übernehme ich. Nein, erst lassen Sie mich einmal reden! Ich mache Ihnen keine unverbindlichen

Probeentwürfe, ich mache das Plakat gleich fix und fertig. Das kostet nicht fünfundzwanzig Mark, das kostet nicht fünfzig Mark, das kostet rund zweihundert Mark. Und zwar sofort auf den Tisch bei Bestellung. Sie verstehen einen Dreck von dem Ganzen, das Schild ‚Rauchen verboten!' ist ein übler Bockmist, und ein großer Herr sind Sie mit Ihren Pfefferminzbonbons noch lange nicht. Ich male Ihnen auch nicht Ihre pubige Fabrik in den Hintergrund, ich male Ihnen keine schöne Frau, ich male Ihnen kein ‚Ah! Wie lecker!', ich schreibe auch nicht ‚Plimms Bonbons sind die besten!', sondern einfach: ‚Gebt Kindern keine Bonbons! Zucker verdirbt die Zähne!' Das können Sie sich dann aufhängen, wo Sie wollen, Herr! Verstanden?"

Herr Plimm saß ganz verdattert da. Herr Plimm wagte kaum zu atmen. Der Fremde drängte:

„Also? Viel Zeit habe ich nicht. Entweder ja oder nein! Aber schnell!"

Da hauchte Herr Plimm:

„Ja — bitte — wenn Sie so liebenswürdig sein wollen —"

Er zahlte dem Fremden die zweihundert Mark auf den Tisch und bedankte sich noch dreimal. Aber als der Fremde gegangen war, schwoll Herr Plimm wieder an und sagte zu den drei Bescheidenen:

„Sehen Sie, von dem Mann können Sie alle etwas lernen! Der weiß genau, was er will. Der macht keine großen Geschichten, solche Leute brauche ich."

Salz auf dem Tisch

Bedeutet Salz auf dem Tisch Streit?

Ich glaube es. Darf ich euch überzeugen?

Paul und Pauline sind das friedlichste Ehepaar auf der Welt. Er hat nichts, und sie will nichts. Wozu also sich streiten? Eines Tages saßen sie bei Tisch.

„Ist es nicht wundervoll, wie gut wir zwei uns vertragen?"

„Ganz wundervoll, Pauline."

„Jetzt sind wir schon neun Jahre verheiratet!"

„Noch nie haben wir uns gestritten!"

„Laß dir dafür die Hand drücken, Paul."

„Meine Pauline!"

Sie schoben sich über dem Tisch die Hand entgegen.

Auf dem halben Weg stand das Salzfaß.

Es fiel um.

Pauline zog entsetzt die Hand zurück.

„Salz auf dem Tisch!" rief sie.

„Was weiter? Das können wir doch wieder hineintun?"

„Das ist es nicht, Paul."

„Sondern?"

„Salz auf dem Tisch bedeutet Streit."

Paul winkte vergnügt ab.

„Das ist doch nur Aberglaube, Pauline."

„Sag das nicht, Paul, sag das nicht!"

„Daß du so etwas glauben kannst!" meinte Paul, „natürlich ist es ein Aberglaube, ein ganz dummer Aberglaube sogar."

„Meine Mutter hat einmal –"

„Liebes Kind, deine Mutter und du sind zwei Paar Stiefel. Deine Mutter mag glauben, was sie will. Mit deiner Mutter bin ich ja Gott sei Dank nicht verheiratet."

„Warum Gott sei Dank, Paul?"

Paulines Stimme war schärfer geworden.

Paul lenkte schnell ein.

„Weil ich froh bin, daß ich dich habe! Wäre ich nämlich mit deiner Mutter verheiratet, könnte ich ja nicht mit dir verheiratet sein. Und ich bin mit dir mit großem Vergnügen verheiratet. Auch wenn du abergläubisch bist."

„Ich bin nicht abergläubisch!"

„Und das Salz auf dem Tisch?"

„Das ist kein Aberglaube, das ist alte Weisheit."

Paul lachte:

„Also müßten wir uns jetzt miteinander streiten?"

„Ja."

„Ich streite mich aber nicht mit dir!"

Pauline gab nicht nach.

„Du mußt dich ja nicht mit mir streiten. Ich könnte mich ja auch mit dir streiten."

„Nur damit der dumme Aberglaube in Erfüllung geht?"

„Dumm ist der, der nicht glaubt, was wahr ist!"

„Erlaube!"

Paul war hochgefahren.

Pauline schlug mit dem Finger auf den Tisch.

„Was wahr ist, muß wahr bleiben!"

Paul sah auf den Finger.

„Ja, glaubst du denn –?“ rief er mit erhobener Stimme.

„Was?“

„Glaubst du, ich lasse mit mir Schindluder treiben? Mit dem Finger auf den Tisch? Nimm doch gleich die Faust! Ich streite mich nicht mit dir und damit basta!“

„Salz auf dem Tisch bedeutet Streit.“

„Und wenn noch mehr Salz auf dem Tisch liegt!“

Paul ergriff das Salzfaß und stülpte es um.

„Hier hast du es – Salz auf dem Tisch in rauhen Mengen!“

„Das ist doch albern, Paul.“

„Ich führe nur deinen Aberglauben ins Absurde.“

Pauline löffelte das Salz wieder ein.

„Salz kostet ja schließlich Geld“, sagte sie spitz.

„Dein Geld oder mein Geld?“

„Das bleibt sich doch wurscht, Paul.“

„Nichts bleibt sich wurscht!“ rief Paul erbost, „was sind das für Ausdrücke überhaupt? Das ist ja reiner Jargon! Weil ich dir Geld gebe, kannst du dir Salz kaufen. Weil Salz da ist, kann ich es umschütten, so oft es mir beliebt. Wenn ich dir nicht das Geld gegeben hätte, hättest du kein Salz. Das wäre manchmal besser.“

Hier hakte Pauline ein.

„Was meinst du damit?“

„Die Suppe.“

„Etwa versalzen?“

„Ja. Wenn du mich fragst – ja!“

„Das sagst du mir so offen ins Gesicht?“

„Wo anders hinein kann ich es dir nicht gut sagen!

Ja, die Suppe war versalzen! Nicht nur heute, sondern auch gestern, vorgestern und überhaupt jeden Tag."

„Schließlich hast du ja keine Köchin geheiratet!"

Paul nickte grimmig:

„Das merke ich jeden Tag beim Essen!"

„Weshalb hast du mich dann geheiratet?"

Paul brüllte zornig:

„Wenn ich das wüßte! Liebe macht eben blind!"

„Das ist auch ein Aberglaube!" fiel Pauline schnell ein.

„Steig mir doch den Buckel rauf!"

Paul eilte aus dem Zimmer und warf die Tür wütend hinter sich zu.

Pauline lächelte.

Hatte sie nicht doch recht behalten?

Salz auf dem Tisch bedeutet Streit.

Als Paul wiederkam, brummte er:

„Na ja – laß gut sein! – diesmal hast du recht behalten, Salz auf dem Tisch bedeutet anscheinend wirklich Streit. In einer guten Ehe kann man sich auch einmal streiten. Das reinigt die Luft. Auch wenn grobe Worte fallen. Im Herzen sind sich Eheleute ja stets einig und nie ernstlich böse."

„Ist das nicht auch ein Aberglaube, Paul?"

Paul nahm zärtlich ihre Hand.

„Nein", sagte er, „das ist mein Glaube. Sonst hätte ich nicht geheiratet."

Nichts wie Dummheiten hat Otto im Kopf.

Gestern ging ich mit ihm spazieren.

„Heute ist der letzte Tag, Eduard!"

„Der letzte Tag?"

„Heute mache ich mein letztes Experiment."

„Und dann?"

„Dann ist meine Forschung abgeschlossen."

„Welche Forschung?" fragte ich.

Otto klärte mich auf.

„Ich arbeite seit Wochen an einem Problem", sagte er, „ich möchte wissen, auf wie viele Arten Männer reagieren, wenn man ihnen den Vorschlag macht, uns ihre Frau abzutreten. Meine Experimente sind ganz einfach. Ich gehe mitten auf der Straße auf ein Paar zu und sage dem Mann: Ihre Frau gefällt mir! Das mache ich jetzt seit Wochen!"

„Und das Resultat?"

„Ich habe fünf verschiedene Grundarten feststellen können", antwortete Otto, „die meisten Männer werden saugrob, beschimpfen uns, heißen uns einen Hanswurst, einen Narren, einen Zuchthäusler, und schnappen dabei vor Wut mit der Stimme über. Die zweite Gattung sind die vornehmen Leute. Meist tragen sie einen Bart oder einen Pelz, immer aber einen Bauch. Diese Männer beachten uns überhaupt nicht und sehen durch uns durch, als ob wir Luft wären. Dabei sieht man ganz deutlich, wie ihre Knie zittern. Sie haben einfach Angst, das ist alles. Ihnen nahe verwandt ist die dritte Art von Männern, die nach der

Polizei rufen. Hier unterscheide ich zwei Untergattungen: die einen, die, ohne uns einer Antwort zu würdigen, sofort nach der Polizei rufen, und die anderen, die uns erst beschimpfen und dann nach der Polizei rufen. Du siehst, ich bin schon ziemlich weit vorgeschritten!"

„Und die anderen Männer?"

Otto hob den Zeigefinger.

„Da gibt es die Gemütvollen und die Groben. Die Männer mit Gemüt verstehen keinen Spaß. Sie nehmen unseren Vorschlag für bare Münze und versuchen, ihn uns auszureden. Sie bitten uns geradezu um Verzeihung, daß sie unserem Wunsch nicht willfahren können, und begründen ihre Ablehnung ausführlich. Auch hier wieder in drei Untergruppen: mit eigener Liebe, aus Geschäftsrücksichten und drittens mit Mangel an Ersatz. Über die letzte Gattung, die Groben, brauche ich dir nichts zu erzählen. Sie nehmen den Stock oder die Faust und schlagen zu."

Ich lachte.

„Daher dein blaues Auge, Otto?"

„Du kennst meine Schienbeine und meinen Rücken nicht, Eduard!"

Plötzlich blieb er stehen und deutete auf ein Paar, das daherkam.

„In welche Gruppe würdest du ihn einreihen?"

„Diesen Mann?"

„Ja."

Ich betrachtete ihn genau. Nein, zu den Groben gehörte er nicht, dazu war er viel zu zart und zu blaß. Auch nicht zu den Gemütvollen, denn er trug ein derartig arrogantes Antlitz zur Schau, daß er entweder sehr dumm oder sehr hochgeboren sein mußte. Nach der Polizei würde er wohl kaum rufen. Er sah nicht aus wie einer, der gern mit der Polizei zu tun hat. Dazu war er viel zu elegant, einen grauen steifen Hut trug er, ja, sogar ein goldenes Kettchen um das Handgelenk.

„Gruppe zwei!" taxierte ich.

Otto schüttelte den Kopf.

„Irrtum! Gruppe eins! Wenn so einer die Haltung verliert, keift er wie ein altes Waschweib! Ich habe meine Erfahrungen."

Er sollte sie haben. Aber anders, als er glaubte.

Otto trennte sich von mir, schlug einen Bogen und landete just in der Nähe meines Versteckes wieder vor dem Paar. Er blieb stehen, zog seinen Hut, lächelte freundlich und sagte:

„Ihre Braut gefällt mir! Würden Sie verschwinden und hätten Sie etwas dagegen, wenn ich den Rest des Tages mit ihr verbringe?"

Ich lauschte aufgeregt. Was würde wohl der Beleidigte tun? Würde er nicht jede Sekunde zuschlagen? Schon sah ich mich Otto zur Hilfe beispringen! Aber es geschah etwas ganz anderes, als ich erwartete. Der Herr neben dem Mädchen zog ebenfalls seinen Hut, schüttelte Otto die Hand, verabschiedete sich und sagte: „Viel Vergnügen!"

Es war im Wirtshaus zum Wilden Pferd. Drei Männer saßen um einen Tisch. Die Männer erzählten von daheim. Jeder erzählte seines. Dann kam der Dritte an die Reihe. Biedermann hieß er. Und Biedermann begann:

„Ich habe zwar meine Frau schon oft geschlagen, nach Strich und Faden geschlagen, daß ihr Hören und Sehen verging — aber so geschlagen, wie ich sie gestern geschlagen habe, habe ich sie noch nie geschlagen — das war direkt eine Lust!"

Die Freunde jubelten:

„Bravo, Biedermann! Nur weiter so, Biedermann!"

Dem Herrn am Nebentisch wurde das zu bunt.

Schon war er aufgesprungen. Schon stand er am Tisch der drei.

„Und das sagen Sie auch noch?" schrie er voller Zorn, „damit rühmen Sie sich noch? Und ihr andern sitzt da und strahlt über alle vier Backen?? Pfui Teufel! Wer seine Frau schlägt, dem soll die Hand verdorren! Eine wehrlose Frau schlagen! Das ist wohl das Gemeinste, Niederträchtigste, Feigste und Ordinärste, was es auf der Welt gibt!"

„Nun machen Sie aber einen Punkt!" brummte Biedermann.

Der Herr ließ nicht locker.

Er war in großer Fahrt.

„Schämen Sie sich nicht? Kriechen Sie in kein Mauseloch vor Schande? Pfui, pfui und abermals pfui! Ausspucken müßte man vor Ihnen! Ins Loch gehören

Sie! Eingesperrt und vernagelt gehören Sie! Ihr Gesicht werde ich mir merken! Allen Leuten werde ich Sie zeigen, allen Kindern werde ich sagen: Dort läuft der Mann, der seine Frau schlägt! Auf daß Sie vor Scham in den Boden versinken, Sie roher Patron! Und ihr andern? Seid auch nicht besser! Jubelt dem rohen Kerl noch zu! Ihr schlagt wohl auch eure Frauen, was?"

Die Freundesrunde saß verdutzt.

„Freilich, freilich", nickten sie.

„Was?"

„Das wäre ja noch schöner, wenn wir unsere eigene Frau nicht schlagen dürften!"

Das war dem fremden Mann zuviel.

Drohend ballte er die Fäuste.

„Ihr Lumpen! Ihr Verbrecher! Ihr Saukerle!"

*

Da ging die Tür des Gastzimmers auf.

Frau Biedermann erschien.

Freundlich trat sie zu ihrem Mann.

„Da bist du ja?" sagte sie zu ihm.

Der fremde Herr machte eine zackige Verbeugung.

„Gestatten, Gnädigste? Gestatten, ich heiße Zumpe — habe eben Ihrem sauberen Gemahl Bescheid gestoßen — habe ihm mal gründlich die Meinung gegeigt — sitzt er hier im Gasthof herum und rühmt sich, Sie gestern geschlagen zu haben! Was sagen Sie dazu?"

Frau Biedermann lächelte freundlich:

„Er hat mich geschlagen."

„Und das lassen Sie sich gefallen?"

„Warum nicht? Heute schlägt er mich, morgen schlage ich ihn."

„Was, Sie schlagen ihn auch?"

„Nach Strich und Faden!"

Dem fremden Herrn blieb — vornehm gesagt — die Spucke weg.

„Das sind ja reizende Familienverhältnisse!" rief er.

Frau Biedermann schüttelte lächelnd den Kopf.

„Was haben Sie eigentlich dagegen, junger Mann?" fragte sie. „Was haben Sie dagegen, wenn ich jeden Abend mit meinem Mann eine Partie Schach spiele?"

Bruno hieb mit der Faust auf den Tisch.

„Du kannst reden, was du willst!" rief er. „Ich glaube an Hypnose! Ich habe die unmöglichsten Experimente erlebt, ich habe mit eigenen Augen normale Menschen die unsinnigsten Befehle ausführen sehen, die man ihnen in der Hypnose eingab. Frauen aßen Senf wie Himbeeren, und Männer mit Vollbart schnitten sich den Bart in einer Minute ab, nachdem sie ihn erst zehn Jahre betreut und gepflegt hatten. Nein, der Erfolg der Hypnose ist nicht abzuleugnen. Ich habe mich selbst damit beschäftigt, ich habe Bücher gelesen, ich habe auf eigene Faust studiert, ich bin zu einem bekannten Professor der Willenslehre in die Schule gegangen, und heute bin ich schon so weit, daß ich selbst hypnotisieren kann."

Viktor lachte ungläubig.

„Du, Bruno?"

„Ja."

„Sprich keinen Unsinn!"

„Willst du einen Beweis?"

Viktor wollte einen Beweis.

Bruno gab ihm ihn.

„Wir sitzen hier in einem Kaffeehaus. Siehst du dort drüben die Dame am Fenster? An dem einzelnen Tisch?"

„Neben dem großen Herrn?"

„Ja", bestätigte Bruno, „ich kenne die Dame nicht, die Dame kennt mich nicht. Ich werde mich jetzt konzentrieren, ich werde die Dame ansehen und die Dame zwingen, den Blick zu erheben, aufzustehen, ihren Tisch zu verlassen und zu unserem Tisch herüberzukommen."

„Lächerlich!"

„Abwarten! Dann Tee trinken!"

Bruno begann. Bruno setzte sich in Positur. Bruno ließ die Luft aus. Bruno pumpte die Lungen voll. Bruno schnaufte und schniefte. Bruno preßte die Daumen. Bruno starrte auf die fremde Frau. Brunos Augen wurden immer glasiger. Fast quollen sie heraus. Sein Atem glich einem Röcheln. Die Dame am Fenster rührte sich nicht.

Bruno starrte sie unentwegt an.

Zwei Minuten. Vier Minuten. Sechs Minuten.

„Paß auf. Jetzt!"

Die Dame wurde unruhig.

Rutschte nervös hin und her.

„Jetzt!“ zischte Bruno. „Jetzt!“

Da geschah es.

Der Mann am Tisch hatte sich erhoben.

„Jetzt wird es mir aber zu dumm!“ schrie er, „jetzt sehe ich mir das Theater schon zehn Minuten mit an, wie Sie meine Frau anglotzen und ihr schöne Augen drehen! Sie sind ein Lausbub, verehrter Herr! Sie sind ein Flegel, verehrter Herr!“

Sprach es und hieb Bruno den Hut ein.

*

Bruno sagte eine Weile nichts.

Dann lächelte er schüchtern.

„Glaubst du jetzt an die Hypnose?“ fragte er.

„Wieso denn?“

Bruno antwortete demütig:

„Jemand ist ja doch herübergekommen – du mußt das verstehen, viel Übung habe ich noch nicht – –“

Nein, man darf die jungen Frauen nicht aus den Augen lassen, wenn man sie liebt! So schnell können wir uns nicht einmal umdrehen, um eine Dummheit zu verhüten. Wie ein Schwarm Mücken fliegen ihre Gedanken auseinander, und wir haben das Nachsehen. Da gibt es gar Männer, die ihre jungen Frauen allein und auf Wochen in ein Kurbad fahren lassen! Ja, haben denn diese Männer keinen Verstand? Erwarten sie ihn etwa von den unbehüteten Frauen? Du lieber Gott! Diese zarten, verwöhnten, pelzumhängten, seidenbekleideten, dünnbeschuhten und wundervoll duftenden Wesen gehen ja so unsicher allein durch die Gassen, und vor jedem Zuckerbäcker bleiben sie stehen. Genäschig und neugierig, denn in jeder Stadt werden andere Süßigkeiten bereitet. So ging es auch Helene, die in der Konditorei eines Kurortes saß und über ihren Teller hinweg sehnsüchtig auf die Paare der kleinen Tanzfläche sah.

„Gestatten Sie?"

„Ich –"

Ein wunderschöner Mann stand vor ihr. Wie aus einem Magazin geschnitten! Er verbeugte sich und wiederholte leise:

„Würden Sie mir die Freude machen, mit mir zu tanzen?"

„Ich tanze nicht."

„Aber –"

„Ich kann gar nicht tanzen", log Helene.

Der Fremde lächelte:

„Das ist etwas anderes. Dann darf ich es Ihnen zeigen? Es ist gar nicht so schwer. Bitte, kommen Sie! Nur diesen einen Tanz!"

Wer zählt die Tänze, die zwei Menschen miteinander tanzen, wenn sie sich den ersten Abend kennenlernen und der Mann der Frau und die Frau dem Mann über alle Maßen gefällt? Zählt man doch auch nicht die Spaziergänge in den nächsten Tagen oder die gemeinsamen Frühstücke an jedem Morgen. Aber jeder Traum geht zu Ende, nur noch drei Tage konnte Helene bleiben.

Sie hatte sich nichts vergeben, nichts getan, was sie ihrem Mann nicht auch eingestanden hätte. Männer haben zwar manchmal eine eigene Ansicht und ziehen die Grenzen um eine Frau enger, als sie selbst zu dem Spaziergang ihrer Gefühle benötigen, aber das ist eben eine Männeransicht. Nur noch drei Tage, dachte Helene, als sie an ihrem Tisch Alfred erwartete, wenn er heute nicht mit dummen Wünschen daherkam, vor denen sie so viel Angst hatte und sich doch kränkte, da sie anscheinend nicht einmal gewünscht wurden. Und als hätte sie es geahnt, kaum hatte Alfred an ihrem Tisch Platz genommen, ergriff er ihre Hand.

„Ich muß Ihnen ein Geständnis machen", sagte er.

„Bitte! Nein!"

„Es geht nicht um uns zwei."

„Ach? Nein?"

„Ich möchte Ihnen etwas verkaufen."

Helene sah ihn entsetzt an.

„Verkaufen?"

„Ja. Diesen Ring."

„Ich kaufe doch keine Ringe!"

„Sie sollten ihn kaufen! Er ist zehntausend Mark wert."

„Zehntausend?"

„Sie bekommen ihn für tausend."

Helene antwortete überrascht:

„Wenn er zehntausend wert ist?"

„Jeder Juwelier würde mir diesen Preis zahlen."

„Und warum verkaufen Sie ihn nicht?"

„Ich kann nicht."

„Warum nicht?"

Er schwieg. Sichtlich fiel es ihm schwer, zu sprechen.

„Fragen Sie bitte nicht", sagte er dann langsam, „vielleicht gehört der Ring gar nicht mir, vielleicht habe ich ihn gestohlen, ich darf Ihnen nie die Wahrheit sagen. Aber ich muß ihn sofort verkaufen. Ich sehe sonst keinen Ausweg. Helfen Sie mir! Sie sind der einzige Mensch, zu dem ich Vertrauen habe."

„Warum gerade ich?"

„Weil ich Sie –"

Sie sah auf. „Nun?"

Da führte er ihre Hand an seine Lippen.

„Weil ich Sie liebe", sagte er.

*

Helenes Mann stand auf dem Bahnhof. Der Zug lief ein.

„Du kommst drei Tage früher, als du wolltest?"

„Mein Geld war zu Ende, Ullrich."

„Ich habe dir doch gestern noch tausend Mark telegrafisch überwiesen?"

„Du hast keine Ahnung, wie teuer alles war", sagte sie ein wenig verlegen.

Sie kamen daheim an. Er knöpfte ihr nach alter Gewohnheit die Handschuhe auf. Da sah er den Ring.

„Was ist das?" rief er.

„Was?"

„Dieser Ring?"

Helene sagte schnell:

„Ach, nichts weiter – ich fand ihn eines Tages auf der Promenade. Eine geschickte, aber wertlose Fälschung, wie man mir auf dem Fundbüro sagte!"

„Das ist nicht wahr!"

„Ullrich!"

„Der Stein ist echt! Dieser Ring ist mindestens achttausend Mark wert! Wer hat dir diesen Ring geschenkt?"

„Du scheinst zu vergessen, daß ich deine Frau bin!"

Helene verließ das Zimmer.

*

Am nächsten Morgen suchte sie verzweifelt überall den Ring.

„Ich weiß genau, daß ich ihn gestern abend auf den Ringständer legte", sagte sie aufgeregt.

Das Hausmädchen zuckte die Schultern.

„Ich habe ihn heute früh nicht gesehen, gnädige Frau."

Da öffnete sich die Tür.

Helenes Mann trat ein.

„Du suchst den Ring?" fragte er ernst.

„Ja."

„Hier ist er. Ich hatte ihn genommen."

„Was fällt dir ein?"

„Ich war mit dem Ring bei einem Juwelier. Ich habe ihn schätzen lassen."

Helene wich der Boden unter den Füßen. Bleich flüsterte sie: „Und?"

Da trat er zu ihr und sagte:

„Verzeih, ich tat dir gestern unrecht. Der Ring ist tatsächlich nur eine geschickte, aber wertlose Imitation."

Manche Menschen sind dümmer, als es die Polizei erlauben dürfte. Sie scheinen bei Kitsch und Kerzen aufgewachsen. So einer war auch Adolar.

Adolar dünkte sich ein Liebhaber von Rang. Der alte Don Juan war ein Hund gegen ihn. Adolars Erfolg bei Frauen hätte sprichwörtlich werden müssen, hätte man ihm nur aufmerksam zugehört, wenn er von seinen Erfolgen erzählte. Aber Erfolge bei Frauen sind so billig, lieben kann schließlich jeder, das braucht man gar nicht gelernt zu haben. Und so bekam Adolar bald ein reiches Sammelsurium von Liebesabenteuern zusammen, denn oft weiß ein Mädchen nicht, daß es nur geküßt wird, um gerade das Dutzend voll zu machen oder das Schock rund. Und die Mädchen ließen sich betören und gaben kleine Geschenke, keine von Wert, aber warum sollten sie sich keine Locke vom Haar schneiden, wenn Adolar sie so flehend darum bat. Und sie drehten die Locke mit einem bunten Band zusammen, preßten sie noch einmal an ihre Lippen und an ihr Herz und sagten die alten Worte der Liebe dazu, wenn sie sie Adolar in die zärtliche Hand legten. So kam es, daß Adolar — nicht tüchtiger, nicht schöner und liebenswürdiger als wir anderen Männer — über einen Schatz handgreiflicher Erinnerungen verfügte und einen wahren Berg von blonden, schwarzen, braunen, goldenen und roten Locken besaß. Und jede war das Zeichen einer zärtlichen Stunde, jede einzelne bedeutete einen Kuß, eine Sehnsucht, eine Erfüllung. Und wenn man genau hinhörte und sein Ohr ganz dicht an sie legte, hörte man noch ganz leise das Herzklopfen aus ihnen. Glaubt nicht, das ist Dichterphantasie, versucht es daheim nur einmal selbst, meine Freunde!

Aber auch Adolar wurde älter, auch ihm blieb es nicht erspart, mehr den Erinnerungen zu leben, als neue Abenteuer zu sammeln. Und er legte sich oft zu Stunden schon nieder, die er früher durchtanzt hatte. Da er aber noch die Sehnsucht eines Zwanzigjährigen im Herzen trug, auch wenn sie durch die müden Augen nicht mehr herausschauen konnte, nahm er eines Tages alle braunen und blonden und roten und schwarzen Locken der geliebten Frauen und trug sie zu einem Matratzenmacher.

„Füllen Sie mir ein Kissen damit", sagte er, „ein Kissen, auf das ich meinen Kopf lege, wenn ich müde bin. Es sind teure Erinnerungen, Meister. Vergessen Sie das nicht!"

Der Matratzenmacher nickte.

„Ja, ja. Gut. Wird besorgt."

„Bis wann?"

„Kommen Sie in zwei Wochen wieder."

*

Kennt ihr die Werkstatt eines Matratzenmachers? Wie ungemütlich sieht es da zwischen den gemütlichen Möbeln aus! Die bequemen Federn liegen kreuz und quer, die wiefelnden Matratzen stehen steif an der Wand, spitze Nadeln und drahtiger Zwirn bedrohen dich von allen Seiten. Auch Hobelspäne und Lederabfälle und graue Reste von Gurten liegen herum. Wer kann es da den zarten Locken verdenken, daß sie sich hier nicht wohlfühlten, sondern sich ängstlich in einen Winkel verkrochen, wo sie keiner mehr erspähen konnte? So geschah es mit Adolars Liebeserinnerungen, sie waren einfach verschwunden, der Meister suchte sie überall, auch die Meisterin mußte mitsuchen und bekam ihren Anteil an Grobheiten; es blieb eine vergebliche Liebesmühe. Was blieb dem Matratzenmacher zu tun übrig? Er war nicht auf den Kopf gefallen, und was er seiner Kundschaft einmal versprochen hatte, das hielt er, mochte auch der Himmel einstürzen und die Welt untergehen. Verlorene Frauenhaare aber sind noch lange kein Weltuntergang. Er lief also zu einem befreundeten Haarschneider, der einen Damensalon und eine Rasierstube für Herren hatte, und brachte sein Anliegen vor.

„Ich brauche vier Pfund Haare", sagte er, „so viel schneidest du doch leicht in der Woche deinen Kunden herunter, Gevatter, sei so nett und hebe sie mir auf!"

„Auch Männerhaare?"

„Selbstverständlich! Ich werde unseren Freund, den Schmied, veranlassen, daß er sich wieder einmal die Haare bei dir schneiden läßt."

*

Und so geschah es, daß zur verabredeten Frist Adolar sein Kissen bekam, das ihn das kostbarste Kissen seiner Liebeserinnerungen dünkte. Und als ob noch eine geheime Kraft in der zärtlichen Füllung lebte, wenn er seinen Kopf darauf gebettet hatte, erschienen ihm die Mariannen und die Margareten und die Isolden im Traum. So nahe waren sie seinem Sinn und seinem fast fünfzigjährigen Herzen, daß er glücklich sein Gesicht in das Kissen schmiegte. Und die langen braunen Haare des Schmiedes Roßschläger wußten gar nicht, wie ihnen geschah.

Jedoch nichts auf der Welt geht verloren. Eines Tages fand unser Matratzenmacher die braunen und blonden und roten und schwarzen Locken der einst geliebten Mädchen. Und da er ein praktischer Mann war, stopfte er sie in ein Kissen, nähte es zu, legte das Kissen auf seinen harten Arbeitsstuhl und setzte sich darauf. Da sitzt er noch heute.

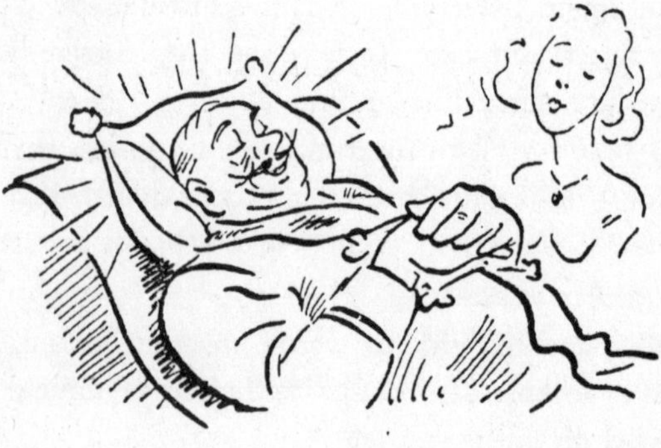

Wenn Männer tanzen, tanzen sie zumeist, um etwas auszusprechen, was sie sich sitzend nicht zu sagen getrauen. Und wenn sie reden, reden sie immer dasselbe, jahraus und jahrein, jedesmal zu einer anderen Tänzerin. Es sind meist hohle Töne, aber die Frauen wissen von den Tönen ein Lied zu singen.

Der Vorsichtige:

„Gnädige Frau sind verheiratet? Ist der Herr Gemahl in der Nähe? Ist der Herr Gemahl größer als ich? Ist Ihr Bruder, Bräutigam, Neffe oder Onkel größer als ich? Wenn sie alle kleiner sind, wohin wollen wir dann gehen? Haben Sie schon zu Abend gegessen? Wenn ja, darf ich Sie dann zu einer Tasse Kaffee einladen? Ihr Kleid ist bezaubernd, haben Sie es schon bezahlt? Dann könnten wir uns nämlich öfter treffen. Nein? Wann müssen Sie es bezahlen, da ich leider einen Tag zuvor dringend verreisen muß. Haben Sie schon Ihr Getränk, Ihre Garderobe, Ihr Trinkgeld beglichen? Ich möchte mich in diesem Falle gern an Ihren Tisch setzen, vorausgesetzt, daß Sie keine Schokolade essen, keine Bonbons lieben, keine Blumen wollen, hinterher zu Fuß heimgehen und mir überhaupt aus dem ganzen tollen Abenteuer keine Unannehmlichkeiten erwachsen."

Der Frechdachs:

„Ich hätte Sie schon früher geholt, Fräulein, aber wer die Wahl hat, hat die Qual! Prüfet alles und behaltet das Beste! Sie sind richtig, Fräulein, ganz mein Typ. Also, was ist mit uns beiden Hübschen? Gehen wir nach diesem Tanz zu mir? Ich habe eine piekfeine Wohnung, Grammophon, Liköre, englische Zigaretten, was Sie wollen! — Was? Nein?? Hören Sie mal! Warum sind Sie denn dann erst hergekommen? Warum erwecken Sie dann erst falsche Hoffnungen? Glauben Sie, ich habe meine kostbare Zeit gestohlen? Während ich hier mit Ihnen tanze, kann mir eine andere durch die Lappen gehen, kann mir eine andere durch die Finger rutschen, die ja gesagt hätte! Wenn ich nicht so gut erzogen wäre, Fräulein, publik müßte man das im ganzen Saale machen, ordentlich öffentlich publik! Eine unglaubliche Rücksichtslosigkeit! Wenn Sie nur zum Tanzen hergekommen sind, engagieren Sie sich doch ein Hutschpferd!"

Der Mann mit dem geschleckten Gesicht:

„Sie wissen ja, Gnädigste, wir sogenannten Eintänzer stehen auf der Aussterbeliste! Wir sind abgeschafft! Daß Sie mich recht verstehen, Gnädigste, es war auch allerhöchste Eisenbahn, daß unser Beruf von unsauberen Elementen endlich gesäubert wurde! Was hatte sich nicht alles in unsere Reihen eingeschlichen! Leute ohne jede Kinderstube, Leute ohne jedes Interieur! Dinge könnte ich Ihnen erzählen, Gnädigste, Dinge! Sie würden sich glatt auf den Arm setzen! Nein, verkennen Sie mich nicht, ich bin kein Gigolo, ich bin hier Maître de plaisir, ich komme gleich nach dem Chef, ich habe in ersten Häusern in Paris und Brüssel gearbeitet, dagegen ist der Laden hier die reinste Bruchbude! — Gnädigste tanzen bezaubernd! Gnädigste sollten bei mir Privatstunden nehmen, ich bin zwar sehr occupé, aber mittwochs hätte ich noch frei. Werden Gnädigste wiederkommen? Sie brauchen nur nach Herrn Franzl zu fragen. Wie gefällt der Gnädigsten mein neuer Smoking? Leider noch nicht bezahlt. Soll aber beileibe keine Anspielung sein! Gestern waren Amerikanerinnen bei uns in der Bar und haben zwölf Flaschen echten französischen Champagner getrunken, die Flasche zu dreißig Mark! Meine Kollegen, die mit den Damens getanzt haben, haben jeder hundert Dollar bekommen. Ja, es gibt noch Kavaliere! Küß die Hand, Gnädigste, küß die Hände! Auf Wiedersehen!"

Der Aufschneider:

„Höre ich recht? Sie tanzen keinen Lambeth Walk? In Monte, wo ich jedes Jahr im Palace absteige — Zimmer mit bain, vorn hinaus — tanzt alle Welt Lambeth Walk! Ob Foxtrott oder Tango oder Wiener Walzer, man tanzt in Monte alles auf Lambeth Walk! Ja, ja, in Monte! Sie kennen doch Monte? Nein?? Aber wie kann man denn leben, ohne jedes Jahr wenigstens einige Monate an der blauen Azur zu verbringen und im eigenen Wagen durch die freie Schweiz zu fahren? Bitte? Was ich für einen Wagen habe? Einen Rolls-Royce natürlich. Nein, leider ist er gerade in Reparatur, Sie können sich nicht vorstellen, wie schwer es ist, Ersatzteile dafür zu bekommen! Man braucht ja das Geld anscheinend für wichtigere Dinge! Zeiten sind das! Soll ich etwa in einem deutschen

Wagen fahren? Warum nicht gleich Fahrrad? Wer wird sich denn heute etwa in einen Porsche setzen. Das Zeug ist ja so billig, kaum tritt man aus einem Lokal, stehen zwanzig, dreißig davon in einer Reihe! Soll ich mir vielleicht erst an der Nummer meinen Wagen heraussuchen? Mein Freund, Graf Ohnelaus, ist ganz der gleichen Ansicht. Sie kennen doch Graf Ohnelaus? Wenigstens dem Namen nach? Ältester Adel, Stammbaum bereits total verfault, wie Ohne=läuschen immer zu mir sagt. — Wie bitte? Sie kennen mich? Vielleicht aus Biarritz? Oder von Deauville? Auch nicht? Sie entsinnen sich jetzt? — — ja, ja, leider, die Stehbierhalle am Praterstern gehört meinem Vater — was will man machen, die Väter kann man sich ja nicht heraussuchen! Wie bitte? Ich hätte Sie persönlich bedient? Eine Laune von mir, nur eine Laune! Ich be=diene sonst niemals! Schade, also war der erste Ein=druck der schlechteste? Wie, ich habe Ihnen damals besser gefallen als heute? — Ladylike nenne ich das nicht, aber über Gustis steht der Disputantum!"

Der Eheherr:

„Was sagst du dazu, Mutter, wie fein dein Mann tanzt? Dabei bist du eigentlich viel zu schwer, um wirklich gut mit mir tanzen zu können. Nichts gegen dein Gewicht, Mutter, da kostet mich jedes Kilo gutes Geld, aber sonst solltest du mich einmal tanzen sehen. Schau, wie hübsch die Kleine dort in dem braunen Kleid ist! So solltest du aussehen, Mutter! Was denn? Hatsch mir doch nicht immer auf die Füße! Halt dich gefälligst gerade! Das Beefsteak heute mittag war wieder steinhart, und der Knopf von meinem blauen Anzug ist immer noch nicht angenäht! Du mußt mehr schweben, Mutter — eins, zwei, drei — eins, zwei, drei — alleine kann ich es auch nicht schaffen! Warum strahlst du nicht, wenn ich mit dir tanze? Lächle auf der Stelle, oder ich lasse dich mitten im Saale stehen! Der Tanz ist aus? Das wäre geschafft! Jetzt habe ich dich ausgeschwenkt, Mutter, jetzt ist Schluß für heute!"

*

Müssen Männer so sein? Sie hören sich wohl selbst nicht, wenn sie reden. Aber warum reden sie überhaupt? Haben sich denn die Menschen, die zusammen tanzen, so wenig zu sagen, daß sie reden müssen?

Helene machte einen letzten Versuch.
„Jeden Abend?"
„Jeden zweiten Abend, Helene!"
„Mußt du so oft Schach spielen?"
„Es ist ein königliches Spiel."
„Wo wir erst drei Wochen verlobt sind, Liebster!"
Er legte seinen Arm um sie.
„Du mußt mir meine Zerstreuung gönnen, Helene!"
„Du hast doch mich."
„Immer können wir uns nicht küssen."
„Wir können uns unterhalten."
„Dann haben wir uns bald nichts mehr zu sagen."
Helene kam gegen seine Leidenschaft nicht auf.
„Was soll ich nur tun, Liebster?"
„Liebst du mich?"
„Ich bete dich an!"
„Dann erfüll mir einen Wunsch, Helene."
„Jeden! Welchen?"
„Lern Schach spielen!"

*

Was tut ein junges Mädchen nicht alles aus Liebe? Helene trat einem Schachklub bei. Man gab ihr einen reizenden Partner.
„Johannes", sagte er.
„Helene."
„Wollen Sie eröffnen?"
Helene eröffnete.
„Zufrieden?"

„Sehr."
„Gardez!"
„Zu dumm!"
„Schach dem König!" rief Helene.
„Matt?"
„Ich glaube", sagte Helene.
Der Partner raufte sich die blonden Haare.

„Ich werde dieses dumme Spiel nicht lernen!"
„Lieben Sie es nicht?"
„Ich hasse es!"
„Warum spielen Sie es dann?"
Der Partner gestand verlegen: „Ich bin verlobt."
„Und?"
„Meine Braut ist eine leidenschaftliche Schachspielerin."
„Also ihr zuliebe?"
„Ja."
Helene lächelte.

„Genau wie bei mir!"

„Sind Sie auch verlobt?"

„Ja. Mit einem Schachspieler."

„Wenn ich an seiner Stelle wäre —"

„Nun?"

„Ich würde an andere Dinge denken!"

Er errötete. Helene nicht minder.

Aber sie sagte noch schnell: „Wenn ich Ihre Braut wäre, würde ich auch an andere Dinge denken."

Sie hätte es nicht sagen sollen!

Aber was will man gegen das Schicksal machen?

*

Als sie sich nach langen Küssen trennten, fragte Helene:

„Wie soll ich es meinem Verlobten sagen?"

„Daß du dich von ihm trennst?"

„Ja."

Er nahm aus seiner Tasche eine Karte.

„Gib ihm das!"

„Was ist das?"

„Die Adresse meiner Braut."

„Was soll er mit ihr?"

Er zog sie in seine Arme.

„Schach spielen, während wir heiraten!"

Ich verabscheue die Silvesternächte. Ich mag den lauten Lärm nicht, der den Abschied vom Gestern übertönen und die Angst vor der Zukunft betäuben soll. Ich weiß dankbar, daß das alte Jahr schön und fruchtbar war und daß das neue Jahr wieder schön und lebendig sein wird, wenn mir nicht der berühmte Ziegelstein vom Dach auf den Kopf fällt.

So stelle ich am letzten Tag eines Jahres bereits in der frühen Dämmerung das Radio ab, halte die Uhren an, verschließe die Fenster, verriegele die Tore und die Türen, stopfe mir Watte in die Ohren und verkrieche mich in ein zeitloses Buch. Ich will unter keinen Umständen wissen, in dieser Minute ist das alte Jahr vorbei, in dieser Minute beginnt das neue Jahr.

So tat ich es auch im Jahre 19.. Jedoch, diesmal verfolgte mich das Geschick. Kurz vor Mitternacht griff ich unwillkürlich nach meiner Taschenuhr, die ich vergessen hatte, tief in den Geldschrank unter die tausend Dukaten zu bergen, und die Uhr zeigte genau eine Minute vor zwölf. Man kann sich zwingen, etwas zu vergessen. Aber eine Minute reicht dazu nicht aus. Um etwas zu vergessen, muß man zuvor fest daran denken. (Das ist das alte Lied von der brennenden Liebe, die eher verlischt als die gleichmäßige Zuneigung.) Ich verfluchte meine Taschenuhr und meine Vergeßlichkeit, die mich hinderte, das zu vergessen, was ich vergessen wollte, und erlebte das Sterben des alten Jahres und damit alle Nöte eines Herzens, die man in solchen Stunden erleben kann. Ich mußte an die gestorbenen Freunde des Jahres denken, ich fühlte mein Herz heftig schlagen, als ich an den Mai mit Marianne dachte. Ich sah mich als Verschwender und Vergeuder eines langen Jahres, wie groß war der Berg der Stunden gewesen und wie klein dagegen der Hü=gel des Geleisteten. Zum Überfluß fiel mein Blick noch in den Spiegel gegenüber, und ich fragte mich bang: kann dieser Mensch mit der ersten Müdigkeit des Alters noch die Welt einreißen? Ist dieser Mensch klü=ger und gescheiter und menschlicher geworden als vor zwanzig Jahren, da er noch gern in den Spiegel sah und wußte, er würde später viel klüger, gescheiter und menschlicher sein? Wo war die Krone auf dem Haupt, von der wir als junge Menschen alle wissen, daß wir sie eines Tages tragen werden? Damals glaubten wir, sie wäre aus Gold — heute wissen wir, daß sie immer nur aus Dornen geflochten ist und daß sich das Schick=sal des einen Menschen in allen Menschen wiederholt. Wir werden alle in der gleichen Wiege geboren, zu uns kommen die gleichen drei Könige aus dem Morgen=land, auch wenn sie Onkel Ferdinand oder Nachbar Lennemann heißen, auch wir tragen später die gleiche Dornenkrone, und ehe der Hahn dreimal kräht, ver=riet uns ein Freund. Ach, meine Freunde, ihr alle kennt dieses Gefühl! Warum soll ich euch das Herz so schwer machen, wie es mir an jenem Tag war?

*

Sagte ich euch, daß mich das Geschick verfolgte? Als ich am nächsten Morgen nach dieser bitteren Nacht die Fenster öffnete und die Menschen zu mir ließ, erfuhr ich, daß in dieser Nacht gar nicht das alte Jahr gestorben war. Ich hatte mich um einen Tag geirrt. Es war erst der dreißigste, nicht der einunddreißigste Dezember gewesen.

Knaur®

Große Liebesromane

Gordon-Davis, John:
Die Beute
311 S. Band 826

Gordon-Davis, John:
Die Jäger
252 S. Band 808

DuMaurier, Daphne:
Rebecca
Eine geheimnisvolle Frau, deren Schatten einer großen Liebe zum Verhängnis zu werden droht.
397 S. Band 1006

Melville, Anne:
Das Erbe der Lorimers
Die große Familiensaga.
332 S. Band 803

Melville, Anne:
Die Lorimers
Die Lorimers auf dem Gipfel der Macht.
368 S. Band 686

Melville, Anne:
Schicksalsjahre der Lorimers
320 S. Band 1025

Soldati, Mario:
Die amerikanische Braut
Ein Mann und zwei Frauen: die alte, ewig neue Geschichte von einem der größten Autoren der zeitgenössischen italienischen Literatur erzählt.
127 S. Band 763

Susann, Jacqueline:
Yargo
Eine Frau verliebt sich in einen Mann, der nicht weiß, was Liebe wirklich ist.
224 S. Band 1015

Susann, Jacqueline:
Diese eine Liebe
Eine Frau, die alles hat, was das Leben begehrt, und die nichts davon halten kann.
128 S. Band 575

Wolff, Victoria:
König im Tal der Könige
Die Geschichte einer Liebe zwischen einer jungen Russin und einem englischen Archäologen.
224 S. Band 726

Wolff, Victoria:
Das weiße Abendkleid
175 S. Band 798

Knaur

Romantic Thriller

Eden, Dorothy:
Antonias Geburtstag
158 S. Band 1011

Eden, Darothy:
Der düstere See
159 S. Band 818

Eden, Dorothy:
Die entführte Braut
160 S. Band 1004

Eden, Dorothy:
Nachmittag für Eidechsen
160 S. Band 823

Holt, Victoria:
Der Schloßherr
192 S. Band 776

Holt, Victoria:
Der Teufel zu Pferde
320 S. Band 679

Markstein, George:
Das Gold des Lebens
252 S. Band 821

Randall, Rona:
Der Adler über dem Tor
336 S. Band 797

Randall, Rona:
Die grüne Kutsche
144 S. Band 807

Randall, Rona:
Der Wächterstein
191 S. Band 782

Rock, Philip:
Sturmwind der Zeit
448 S. Band 822

Rogers, Rosemary:
Die Unbesiegbare
Ein Lied von Liebe.
576 S. Band 784

Rogers, Rosemary:
Die Wildnis der Liebe
Eine titanische Familienfehde, Liebe, Haß und Leidenschaften von nicht alltäglichen Menschen.
377 S. Band 1008

O'Hara, John:
Elizabeth Appleton
280 S. Band 761

Simmons, Mary Kay:
Feuer im Blut
320 S. Band 759

Simmons, Mary Kay:
Im Taumel des Glücks
382 S. Band 800

Sherwood, Valerie:
Glück ist wie Glas
378 S. Band 805

Stewart, Mary:
Die Geisterhunde
272 S. Band 633

Wolff, Victoria:
König im Tal der Könige
224 S. Band 726

Wolff, Victoria:
Das weiße Abendkleid
176 S. Band 798